CONFIDENCES D'UN JOUEUR DE CLARINETTE

Erckmann-Chatrian

Lorsque mon oncle Stavolo acheta son quinzième arpent de vigne, à la succession du vieux Hans Aden Fischer, en l'an de grâce 1840, et qu'il le paya comptant mille écus entre les mains du notaire Bischof, tout le village d'Eckerswir en fut émerveillé. Plusieurs proposèrent de le mettre dans les honneurs, de le nommer bourgmestre ou conseiller municipal ; d'autres, plus judicieux, dirent que la place de dégustateur-juré serait plutôt son affaire, attendu qu'il n'y avait pas de plus fin connaisseur en vins que l'oncle Stavolo ; mais il ne tenait pas à ces choses, et répondit modestement :

– Laissez-moi tranquille avec votre place de bourgmestre et de conseiller municipal. Dieu merci, je suis délivré de toute espèce d'ennuis pour mon propre compte ; est-ce que j'irai maintenant, à cinquante-trois ans, m'en donner pour la commune ? Non, non, ôtez-vous cela de l'esprit. La place de dégustateur-juré me conviendrait mieux, car il est toujours agréable de boire un bon verre de vin qui ne vous coûte rien ; mais, grâce au ciel, mes caves sont assez bien fournies en « rikevir », en « kütterlé », en « drahenfetz » de toutes qualités, pour n'avoir pas besoin d'aller marauder à droite et à gauche, et mettre le nez dans le crû de mes voisins. Savez-vous ce que je vais faire maintenant ? Je n'ai pas l'idée de me croiser les bras sur le dos, vous pouvez le croire. Je vais cultiver mes vignes avec prudence et sagesse ; je vais faire remplacer les vieux plants, qui ne donnent plus rien, par des jeunes, et ceux de qualité médiocre, par de meilleurs, autant que possible. Je me promènerai tous les matins le long de la côte avec ma serpe dans ma poche, et si je vois de mauvaises herbes, j'irai les enlever ; je rattacherai les sarments défaits à leurs piquets... Les occupations ne me manqueront pas. Ensuite je retournerai tranquillement dans ma maison, me mettre à table avec ma fille Margrédel et mon neveu Kasper ; nous boirons un bon coup après le souper, et Kasper nous réjouira d'un air de clarinette. Au temps des vendanges, je soufrerai mes tonneaux, je surveillerai ma cuvée ; enfin, au lieu de me mêler de ce qui ne me regarde pas, j'aurai soin de veiller à ce qui me regarde. Il ne suffit pas, mes chers amis, de savoir acquérir, il faut encore savoir conserver ; combien de gens, à force de vouloir des honneurs et de la gloire, finissent par se ruiner de fond en comble !

Allons, allons, vous êtes de bons enfants ; vous avez voulu me faire plaisir, je le sais, mais vous avez pris un mauvais moyen. Ma place n'est pas au conseil municipal, elle est dans mes vignes : je ne veux rien être que Conrad Stavolo... et je le suis, par la grâce de Dieu.

Ainsi parla mon oncle, et tout le monde comprit qu'il avait raison.

Or, tout ce qu'il avait dit, il le fit exactement, et non seulement il soigna ses propres vignes, mais il mit encore les miennes en bon état.

Depuis la mort de ma mère, je vivais chez l'oncle Conrad en famille, et, pour vous dire franchement les choses comme elles sont, j'étais amoureux de ma cousine Margrédel : je trouvais ses cheveux blonds, ses joues roses à petites fossettes et ses grands yeux bleus les plus beaux qu'il soit possible de voir. Sa petite toque de taffetas noir, son corset à paillettes d'or et d'argent, sa robe rouge bordée de velours, tout ce qu'elle mettait, me semblait avoir une grâce surprenante, et je me disais : « Dans tout le pays, depuis Münster jusqu'à Saint-Hippolyte, il n'y a pas une jeune fille aussi belle, aussi bien faite, aussi riante, aussi gentille que Margrédel. »

De son côté, Margrédel me regardait d'un œil tendre ; à toutes les fêtes de village elle ne dansait qu'avec moi. Nous partions le matin dans la charrette, sur deux bottes de paille, « Fox » et « Rappel » en avant ; l'oncle Conrad conduisait, et tout le long de la route nous ne faisions que rire et causer. Encore aujourd'hui, quand je songe à ces petits voyages, à notre arrivée au « Cruchon d'or », sur la place de Hünevir, à nos danses, il me semble revivre dans un temps meilleur. L'oncle Conrad savait bien que j'aimais Margrédel, mais il nous trouvait encore trop jeunes pour nous marier.

– Kasper, disait-il quelquefois, tâche d'amasser de l'argent avec ta musique, cours les villages, n'oublie aucune fête ; on m'a dit que tu es la première clarinette de l'Alsace ; que Waldhorn, avec son cor, et toi, vous valez tout un orchestre ; c'est le père Niklausse qui m'a raconté ça, et je pense comme lui. Eh bien ! quand tu auras amassé de quoi acheter deux arpents de vigne, garçon, je te dirai quelque chose qui te fera plaisir.

Et, parlant de la sorte, il regardait Margrédel, qui baissait les yeux en rougissant ; moi, je sentais mon cœur sauter dans ma poitrine.

Vous ne sauriez croire combien j'aimais Margrédel ; souvent, quand je suis seul et que je rêve les yeux tout grands ouverts, il me semble remonter la rue du village dans ce temps-là ; je vois la maison de l'oncle Conrad à mi-côte, avec son pignon pointu taillé en dents de scie, qui se détache sur le Fréland couvert de vignes ; je vois la petite lucarne à la pointe du toit où voltigeaient les pigeons blancs et bleus, qui faisaient la grosse gorge et tournaient sur la petite fourche en roucoulant ; je vois les deux petites fenêtres de la chambre de Margrédel au-dessous, avec ses pots de fleurs en terre vernissée, ses œillets et ses résédas. Je vois Margrédel, qui me regarde venir de loin sans bouger. Elle croyait que je ne la voyais pas ; mais je la voyais, et j'étais heureux comme un roi ; je serrais ma clarinette, je me redressais, je boutonnais mon habit-veste, j'écartais mes cheveux et je marchais d'un bon pas pour qu'elle pense : « Kasper est le plus beau garçon du village ! »

Et quand je montais l'escalier, jetant un regard de côté dans la salle, je la voyais déjà déployer la nappe, arranger les verres et les assiettes sur la table ; elle était descendue comme un oiseau, et ne voulait pas avoir l'air de savoir que j'arrivais ; mais moi j'étais heureux, car elle m'avait attendu, et je me disais : « Elle m'aime ! »

– Hé ! tiens, te voilà, Kasper ? faisait-elle ; je te croyais encore en route ce matin.

– Oui, Margrédel, me voilà, disais-je en accrochant mon sac au dos du fauteuil, et déposant ma clarinette sur le bord de la fenêtre ; j'arrive d'Orbay, de Kirschberg ou de tel autre village des environs.

– Tu t'es bien dépêché ?

– Oui, je me suis dépêché.

Alors nous nous regardions ; elle me souriait en me montrant ses petites dents blanches ; j'aurais voulu l'embrasser, mais elle m'échappait toujours, criant :

– Kasper, Kasper, voici mon père !

Elle se sauvait dans la cuisine ; et presque toujours, quand je regardais dans la rue, l'oncle Conrad, avec ses larges épaules, son feutre noir et sa veste grise, était là qui revenait de la vigne. Ah ! toutes ces choses, je les vois, j'y suis. Pourquoi faut-il que ce bon temps de la jeunesse passe si vite, et qu'on y songe toujours !

J'avais le plus grand respect pour l'oncle Conrad, et je l'aimais comme mon propre père, malgré sa voix rude quand il était de mauvaise humeur et surtout quand il se fâchait ; cela n'arrivait pas souvent, mais quand cela arrivait, c'était terrible : son grand nez crochu se recourbait en bec d'aigle sur ses lèvres, ses yeux gris lançaient des éclairs, et sa voix éclatait comme la trompette du jugement dernier. Il ne levait jamais la main, connaissant lui-même sa force extraordinaire et craignant de faire mal aux gens.

Une fois cependant je le vis à l'auberge des « Trois-Roses », où nous étions allés le soir, selon notre habitude, prendre une bouteille de vin en société des vignerons d'Eckerswir, qui se réunissaient en cet endroit, je le vis s'emporter et devenir tout pâle, à propos d'une façon particulière de planter la vigne. Le vieux Mériâne prétendait que les plants de « tokayer » doivent se traîner un peu dans le sillon pour bien venir, et l'oncle Conrad qu'il fallait les mettre tout droit. Mériâne finit par dire que l'oncle Stavolo ne connaissait rien à la vigne, et qu'il ne distinguerait pas un plant de « tokayer » d'un autre de Drahenfeltz. L'oncle se fâcha, et frappant de la main sur la table, les verres, les chopes et les bouteilles sautèrent au plafond. Il s'était levé, criant d'une voix de tonnerre :

– Voyons, vous autres, voyons, qui soutient les propos de Mériâne ? Je ne veux pas lui répondre à lui ; mais vous autres... mettez-vous trois, quatre, six contre moi !

Il regardait autour de la salle ; personne ne bougeait. Je sus alors que l'oncle Conrad était l'homme le plus fort du pays ; je le vis de mes propres yeux. Il m'était bien arrivé d'entendre raconter que M. Stavolo avait terrassé dans son temps tous les hercules qui se présentaient aux luttes de villages, et que même, peu d'années avant, il était allé provoquer un certain bûcheron Diemer, qu'on appelait le « Chêne des Vosges », à cause de sa force extraordinaire, et qu'il l'avait renversé sur les deux épaules, oui ; mais avec nous il se montrait si raisonnable, il avait tellement l'habitude de dire que la force ne signifie rien, que l'on ne doit pas se vanter d'être fort, et, disant cela, il se caressait le menton d'un air de saint homme tellement convaincu de ces choses, que j'avais fini par le croire sur parole et le considérer comme un être très pacifique. Sans cesse il me répétait :

– Kasper, s'il t'arrive jamais de te trouver dans une dispute, sais-tu ce qu'il faudra faire ?

– Non, mon oncle.

– Eh bien ! comme le Seigneur t'a pourvu de grandes jambes, tu prendras tout de suite la porte et tu gagneras les champs. Toi qui n'es guère plus fort qu'un lièvre, au premier coup tu roulerais à terre, et l'on se battrait sur ton corps. De la prudence, garçon, de la prudence ; c'est la première vertu d'un joueur de clarinette qui veut se marier.

Allez donc croire, après ces paroles judicieuses, que l'oncle Conrad n'était pas prudent, et qu'il aimait autre chose que la vigne, le bon vin et la musique ! Mais ce jour-là, je vis qu'il était glorieux de sa force, et cela me surprit.

Toutefois, s'étant calmé presque aussitôt, il fit des excuses au vieux Mériâne, et dit qu'il avait parlé de la sorte pour voir si, parmi ces jeunes gens, quelques-uns auraient le courage de soutenir les cheveux gris. Après quoi le père Mériâne avoua que l'oncle Conrad était un bon vigneron, qu'il se connaissait en plants de toute sorte, en culture, en vendanges, en cuvées, en fermentation, en tout. Il en dit même tant et fit de l'oncle Stavolo de tels éloges, que celui-ci, tout à fait apaisé, lui répondit en souriant qu'il allait trop loin, qu'on ne connaissait jamais à fond la culture de la vigne, que plus on apprenait de choses, plus il en restait à savoir, et que l'expérience étant toujours ce qu'il y a de plus sûr, les jeunes ne pourraient se mettre sur les rangs pour le savoir, que quand les vieux, comme le père Mériâne, ne seraient plus là.

De sorte que, finalement, tous les deux étaient attendris, et que vers onze heures, au moment où le « watchmann » vint nous prévenir qu'il fallait s'en aller, ils s'embrassèrent, en s'appelant l'un l'autre les meilleurs vignerons et les plus honnêtes gens de toute la côte jusqu'à Thann et encore plus loin. Les assistants s'attendrissaient avec eux.

Et voilà comment j'appris que l'oncle Conrad ne méprisait pas la force autant qu'il voulait bien le dire pour se donner des airs raisonnables.

II

Or, cette année-là, vers la fin de l'été, l'oncle Stavolo eut une vache prête à vêler. C'était la plus belle vache d'Eckerswir, de l'espèce suisse, grande, couleur café au lait, très bonne laitière, et qui s'appelait « Rœsel ». Depuis huit jours ; le vétérinaire Hirsch venait la voir et disait chaque fois :

– Ce sera pour demain.

Dans l'intervalle arriva la fête de Kirschberg, où nous allions tous les ans danser et goûter du kirschwasser. L'année étant très abondante en toute espèce de fruits, – cerises noires, prunes, prunelles, mûres, myrtilles, – tous ceux qui revenaient de Kirschberg disaient que la montagne autour du village et jusqu'à la lisière du bois, était couverte d'arbres tellement chargés de prunes, qu'il fallait les étayer pour les empêcher de se rompre. Ils disaient aussi qu'on distillait nuit et jour à la ferme du père Yéri-Hans, qu'on avait trouvé le moyen de ne plus employer d'alambics, en faisant passer la fumée dans de grosses tonnes cerclées de fer, et autres choses semblables. On pensait donc que la fête serait magnifique, ce qui nous ennuyait beaucoup, car nous voyions bien, Margrédel et moi, que l'oncle Conrad aurait de la peine à quitter la maison. Enfin lui-même nous prit à part dans la salle et nous dit :

– Cette année, nous n'irons pas à la fête de Kirschberg. Ce vétérinaire dit tous les jours : « Ce sera pour demain ! » et je ne puis pas abandonner « Rœsel » dans un pareil moment ; non, je ne puis pas laisser entre les mains de Hirsch et de la servante une bête qui me coûte cent écus et qui me rapporte six pots de lait matin et soir ; je n'aurais pas une minute de tranquillité là-bas. Écoutez, mes enfants, nous irons à la fête de Wintzenheim, dans quinze jours, cela nous fera autant de plaisir, et nous pourrons boire alors du kirschwasser à l'auberge du « Bœuf rouge », aussi bien qu'au « Cruchon d'or » ; il sera même meilleur étant plus vieux.

– Vous avez raison, mon père, répondit Margrédel d'un air assez triste.

Et les choses étant réglées de la sorte, nous restâmes à la maison, tandis que la moitié d'Eckerswir allait à Kirschberg. On ne voyait que des voitures partir à la file avec quatre, cinq et six bottes de paille couvertes de gens en habits de fête, rubans aux chapeaux et verroterie dans les cheveux. Nous les regardions tristement de la fenêtre, et les jeunes filles criaient à Margrédel :

– Hé ! Margrédel, tu ne viens donc pas ? Allons, mets ta belle jupe, nous avons encore de la place.

– Merci, répondait Margrédel, ce sera pour une autre fois.

Et les garçons me criaient :

– Kasper, prends donc ta clarinette ; arrive ! Tu te mettras à cheval sur « Schwartz ». Hop, hop, en avant !

Et je hochais la tête.

L'oncle Conrad, dans son petit verger derrière la maison, étayait les arbres pour ne pas voir ces choses. Cela dura jusque vers dix heures ; alors le silence se rétablit, le village était abandonné, on ne voyait que les vieux assis devant leur porte au soleil ; les chiens même avaient suivi les voitures, et l'on n'entendait plus aboyer comme à l'ordinaire.

Pendant le dîner, l'oncle Stavolo dit qu'il y aurait sans doute trop de monde à la fête, qu'on ne pourrait pas se retourner, et que les aubergistes profiteraient de l'occasion pour se débarrasser de leur plus mauvaise piquette et de leurs fromages moisis. Il dit encore que nous serions mieux à Wintzenheim, chez le père Michel Bloum, un de ses anciens camarades, qui l'invitait depuis longtemps à venir manger du « kougelhof » et à goûter son « brimbellewasser ». Puis nous descendîmes ensemble à l'écurie voir « Rœsel », et il m'avoua qu'elle ne pouvait pas tarder à faire son veau, et que, si c'était pour la nuit, nous partirions le lendemain de bonne heure à la fête ; mais la chose traîna jusqu'au mardi, alors il était trop tard.

Cependant, le soir du même jour, après souper, l'oncle Conrad, qui fumait rarement, et jamais que du tabac qu'il avait planté lui-même dans son jardin, derrière la maison, l'oncle prit une petite pipe de buis en forme de tulipe, et, l'ayant mise dans la poche de sa veste, il me dit :

– Kasper, arrive ; nous allons voir ce qui se passe aux « Trois-Roses » ; je suis sûr que plusieurs sont déjà revenus de Kirschberg : le vieux Brêmer, Mériâne, Zaphéri ; c'est leur habitude de coucher chez eux depuis trente ans ; ils ne restent jamais jusqu'au lendemain. Margrédel, s'il se passe quelque chose à l'écurie, envoie Orchel me chercher tout de suite.

Nous sortîmes ensemble.

En descendant l'escalier, l'oncle ajouta :

– Je suis pourtant curieux de savoir si l'on s'amuse à la fête ; nous allons tout apprendre.

Et nous traversâmes la rue silencieuse : quelques instants après, nous entrions dans la grande salle des « Trois-Roses ».

L'oncle Conrad ne s'était pas trompé ; déjà bon nombre de vieux étaient de retour et fumaient là, les deux coudes sur la table, en se racontant ce qu'ils avaient vu de remarquable en ce jour, et se rappelant l'un à l'autre qu'en telle année, en telle autre année, il y avait de cela dix, vingt ou trente ans, la fête de Kirschberg avait été plus belle, soit au passage du roi Charles X, soit à l'arrivée de Marie-Louise en France, soit du temps de Saint-Just, lorsqu'on avait planté le grand peuplier au milieu du village. Ils se plaignaient que tout dépérissait de jour en jour, que la jeunesse n'avait plus la même ardeur qu'autrefois, que les impositions augmentaient, que le kirschwasser, le vin, la bière, la farine, la viande enfin, tout coûtait plus cher ; qu'on ne savait pas quand cela finirait, et que c'était l'abomination de la désolation prédite par les saintes Écritures.

Le vieux greffier de la mairie surtout, le père Brêmer, avec sa perruque roussâtre bien peignée, en forme de bonnet à poil, et sa grosse pipe d'Ulm toute noire, dont il tirait une bouffée de demi-heure en demi-heure, le vieux Brêmer semblait mélancolique selon son habitude, et, les deux oreilles entre ses mains, il regardait dans son verre en parlant des temps écoulés.

L'oncle Conrad et moi, nous nous assîmes parmi les autres ; Zaphéri Mütz, le cabaretier, nous apporta deux verres et une bouteille, en nous demandant si « Rœsel » avait mis bas ; l'oncle répondit que non ; puis nous écoutâmes ce qu'on racontait.

Jusqu'à dix heures, on ne fit que parler des anciennes fêtes, et surtout de la dernière. Malgré l'avis du greffier, plusieurs soutinrent qu'il n'y avait jamais eu plus de monde à Kirschberg, plus de danseurs et de danseuses ; que la « Madame-Hütte » en était pleine comme une ruche ; que le vieux Yéri-Hans, ayant affermé les jeux deux cents écus, avait reconstruit la baraque en planches neuves, qu'il avait renouvelé les drapeaux et mis des bancs à l'intérieur tout autour, ce que chacun devait approuver, puisqu'il est bon que la grand-mère et le grand-père puissent s'asseoir, et regarder leurs petites-filles ou leurs petits-fils qui dansent. Ils dirent aussi que le kirschwasser avait un goût très fin, que la vigne se présentait bien, que les jeux de « rampô », de quilles, du coq et du mouton avaient déjà couvert les frais de Yéri-Hans.

Enfin on causait de ceci, de cela : des jeunes gens, de la nouvelle mode des bonnets de tulle, que Soffrayel Kartiser avait apportée de Strasbourg, avec les manches à gigot et les cheveux arrangés en croix, sur des peignes hauts d'un demi-pied. Le vieux greffier trouvait les vieilles modes du Kirschberg bien autrement belles : les toques de velours à grands rubans, les manches plates, les corsets de satin brodés d'or, les jupes de soie à grands ramages, les longues tresses tombant derrière les oreilles, jusqu'au talon ; bref, toutes les anciennes modes, depuis le tricorne, le gilet écarlate, les souliers ronds à boucles d'argent, jusqu'à la veste grise du meunier et au tablier blanc du marchand de fromage, tout lui paraissait plus beau que la blouse et le bonnet de coton.

Mais ces choses n'intéressaient pas l'oncle Conrad, qui bâillait dans sa main, et semblait pouvoir à peine ouvrir les yeux.

– Écoutez, monsieur Brêmer, s'écria tout à coup le vieux Mériâne, vous avez raison en bien des choses. Oui, les anciennes robes et les anciennes toques étaient plus belles que les cheveux en croix et les sarraus gris ; je dirai même plus, la choucroute et le petit-salé étaient meilleurs autrefois, parce qu'on fumait mieux la viande, et qu'au lieu d'avoir une vis en bois, pour serrer la choucroute, on mettait une grosse pierre dessus, de sorte que la pierre descendait toujours, au lieu que maintenant, quand on oublie de tourner la vis, la choucroute se gâte à la cave. Je suis de votre avis pour tout cela ; mais il y a pourtant des articles sur lesquels les jeunes gens nous valent.

Le greffier hocha la tête.

– Vous avez beau hocher la tête, dit Mériâne, c'est certain. Ainsi, par exemple, pour la lutte, pour la force et l'adresse, là, franchement, avez-vous jamais vu un homme mieux bâti, plus solide que le fils de Yéri-Hans, un gaillard qui revient d'Afrique, et qui assommerait un bœuf d'un coup de poing ? Avez-vous jamais vu de notre temps un hercule pareil, je vous le demande ?

Le greffier sembla réfléchir. L'oncle Conrad se remuait sur son banc ; il toussa comme pour répondre, mais il se tut, et le vieux Mériâne ajouta :

– Ce grand canonnier, voyez-vous, Brêmer, ne craindrait pas six hommes, des hommes ordinaires, bien entendu, pas comme maître Stavolo ici présent, non, ce serait aller trop loin ; mais je soutiens qu'il n'y a jamais eu, de notre temps, un homme qui puisse se comparer à celui-là pour la véritable force.

Alors le vieux Mériâne vida son verre, et l'oncle Conrad, d'un air d'indifférence, demanda :

– De quel canonnier est-ce qu'on parle donc ? Des hommes forts, il y en a eu dans tous les temps, mais ça m'étonne tout de même d'entendre parler pour la première fois de ce canonnier.

– Hé ! c'est le fils de Yéri-Hans, le fermier de la côte de Kirschberg, fit Mériâne.

– Ah ! ah ! bon... bon... je me rappelle... un grand maigre de six pieds, blond, les joues roses, long comme un fil ; oui... oui... le fils de Yéri, dit l'oncle en faisant tourner ses pouces ; tiens, tiens, il est si fort ! Eh bien ! je ne m'en serais jamais douté ; non, ça me paraît étonnant.

– Il était long et blond avant de partir pour Alger, dit Mériâne, mais à cette heure il est roux, maître Stavolo, à la peau brune et des épaules, des épaules, – tenez, larges comme cela, fit-il en écartant ses mains d'un air d'admiration.

– La longueur ne fait pas la force, dit l'oncle Conrad en vidant son verre brusquement. Hans, une chopine ! Non, la longueur d'un homme ne prouve pas sa force ; j'en ai vu de très longs qui n'étaient pas forts. Quand on me parle d'un homme fort, je demande, moi, qu'est-ce qu'il a fait ?

– On voit bien que vous ne revenez pas de la fête, maître Conrad ! répondit Mériâne, sans cela vous sauriez qu'on ne parle dans tout le pays que du fils de Yéri-Hans ; vous sauriez qu'il a renversé tous ceux qui se permettaient d'avoir l'audace de lutter contre lui.

– Qui ? demanda l'oncle.

– Mon Dieu ! je ne me rappelle pas leurs noms ; des hommes très forts, tout ce qu'il y avait de plus solide en vignerons, en bûcherons, en charbonniers, en hercules de toute espèce. Ça ne durait pas une minute ; on les voyait sur le dos, les jambes en l'air ; cela faisait frémir... Quel homme... quel homme que ce Yéri-Hans !

L'oncle Conrad ne dit rien d'abord ; il toussa, puis tirant sa pipe de sa poche :

– Il y a vigneron et vigneron, fit-il avec un sourire étrange. Je veux bien croire que votre grand canonnier est fort ; il aura sans doute appris au régiment quelques-uns de ces bons tours dont parle le barbier Münch, et qui consistent à vous accrocher la jambe, ou même à vous donner des coups de pied sur la tête ; oui, oui, j'ai souvent entendu parler de choses pareilles ; les soldats s'apprennent ces tours entre eux, et puis ils rentrent dans leurs villages renverser des gens faibles, des boiteux, des bossus, de pauvres créatures qui n'ont que le souffle, et par ce moyen on les craint, on répète à droite et à gauche : « Voilà l'homme terrible, l'homme fort ! » Seigneur Dieu ! il faudrait pourtant, quand on a des cheveux gris, réfléchir avant de parler. Moi, ce que je dis là, vous pensez bien, père Mériâne, que je m'en moque ; si votre canonnier est fort, tant mieux pour lui. La force ne prouve pas qu'on ait raison ; les bœufs sont aussi très forts, et cela ne leur donne pas deux liards de bon sens ; mais d'entendre répéter des choses semblables, cela vous agace les nerfs. Je souhaite de tout mon cœur que Yéri-Hans soit l'homme le plus fort du monde ; son père est un de mes vieux camarades. Enfin, je dis qu'il faut réfléchir, quand on parle devant des gens sérieux.

Ayant dit cela, l'oncle Conrad alluma sa pipe à la chandelle, et le greffier Brêmer s'écria :

– Tenez, Mériâne, si j'avais à parier pour quelqu'un, entre votre canonnier et maître Stavolo, ce ne serait pas long ; tout vieux qu'il est, maître Conrad...

Mais l'oncle l'interrompit :

– À quoi pensez-vous donc, monsieur Brêmer ? Moi... moi... aller lutter contre un jeune homme ! Il y a dix, quinze ans, je ne dis pas, oui, ça m'aurait peut-être fait quelque chose, d'entendre répéter sans cesse qu'un autre se vante d'être le plus fort du pays ; j'aurais voulu voir ; mais à cette heure, non, non, qu'il aille se battre ailleurs, qu'il se retrousse les manches jusqu'aux coudes, je lui prédis qu'il trouvera son maître, mais ce ne sera pas Conrad Stavolo.

– Oh ! je pense bien, maître Conrad, que vous êtes incapable d'aller, à votre âge, vous empoigner avec un jeune homme, fit Brêmer ; mais, franchement, si vous en veniez là, je parierais pour vous.

L'oncle sourit, et dans ce moment le « watchmann », frappant le plancher de sa grande canne, nous dit :

– Messieurs, il est onze heures !

Tout le monde se leva et chacun prit le chemin de sa maison.

Tandis que nous étions en route, l'oncle Conrad, tout pensif, reprit :

– Ce vieux Mériâne perd la tête, il est toujours le même depuis trente ans ; quand il voit quelque chose, c'est toujours la plus belle chose ; un homme en bat un autre, c'est l'homme le plus fort de l'univers ; s'il en bat deux, on n'a jamais vu son pareil depuis Adam et Ève. Je ne peux pas souffrir qu'on voit tout en gros. Mais nous sommes à la maison ; bonsoir, Kasper. Pourvu que « Rœsel » se décide cette nuit.

– Oui, mon oncle ; Margrédel ne serait pas fâchée tout de même d'aller faire quelques tours de valse à Kirschberg, elle a l'air un peu triste !

Je montai dans ma chambre, et l'oncle Stavolo entra dans la sienne.

III

L'oncle Conrad, qui ne pouvait quitter la maison à cause de « Rœsel », monta le lendemain de bonne heure au pigeonnier. Il ouvrit ma porte en passant et me dit de venir avec lui. Le pigeonnier était tout à la pointe du toit, au-dessus du grenier à foin ; il fallait grimper une échelle pour l'ouvrir. L'oncle Stavolo avait eu soin d'en garnir l'intérieur de planches clouées contre les lattes, et de mettre de longues pointes autour de la lucarne, pour empêcher les fouines et les martres d'y entrer, car ces animaux carnassiers sont très avides de sang. Nous entrâmes donc l'un après l'autre, et les pigeons nous connaissaient si bien, qu'ils volaient sur nos épaules. J'avais même l'habitude de mettre du grain dans ma bouche, où ils venaient le prendre en se battant.

L'oncle visita les nids et tout à coup se pencha dans la lucarne, regardant les trois côtes de Fréland, de Mittelweiser et de Kiensheim couvertes de vignes, aussi loin que pouvait s'étendre la vue. Longtemps il resta penché dans cette ouverture ; les pigeons, ne voyant plus le jour, se mettaient les ailes étendues sur leurs petits ; moi, je me demandais : « Qu'est-ce que l'oncle regarde donc ? »

Il regardait ses vignes, ne pouvant les aller visiter depuis trois jours.

À la fin, il se retira de la lucarne et me dit d'un ton joyeux :

– Kasper, si nous conservons ce temps encore six semaines, nous aurons ce qui s'appelle une année riche en tous les biens de la terre. La vigne n'a plus rien à craindre, le grain est formé, et maintenant il ne lui faut plus que la force du soleil, qui renferme dans ses rayons une douceur singulière ; c'est, à proprement parler, la vie et l'âme des hommes, et cette grande douceur vient des comètes. Oui, nous aurons une fameuse année, et je suis bien content de n'avoir pas vendu mes futailles, malgré le bon prix que m'en offrait Mériâne. Les gens de la haute montagne n'auront pas à se plaindre non plus, car il est tombé de la pluie en abondance au printemps ; les pommes de terre se sont fortifiées et les blés ont pris du corps. Regarde tout là-haut, sur la côte, ces plaques jaunes comme de l'or entre les sapins, ce sont les avoines de l'anabaptiste Pelsly ; il en a six arpents d'une pièce. Et là-bas, dans l'ombre de Rhéethal, ces grands carrés bruns, ce sont les pommes de terre de Turckheim ; les tiges commencent à se flétrir à cause de la grande chaleur, mais elle ne peut plus leur nuire ; elles sont toutes formées. Enfin, enfin, tout le monde peut être content, car le Seigneur comble de ses bénédictions toute la terre. Descendons, Kasper ; ferme bien la porte, que les fouines n'entrent pas.

Il descendait alors l'échelle à reculons. Je le suivis dans l'obscurité, après avoir bien refermé la porte et tiré le verrou. Arrivés dans le grenier au-dessous, l'oncle, me posant la main sur l'épaule, me dit en riant :

– C'est pour le coup, Kasper, qu'il va falloir te mettre en route et souffler dans ta clarinette ; plus l'année est bonne, plus les gens sont généreux : ils ne regardent pas à deux « groschen », ni à trois non plus. Tâche de gagner de l'argent, tâche d'avoir tes deux arpents de vigne cet hiver ; avec les trois que tu as déjà et les miens, cela fera du bien au ménage. Hé ! hé ! garçon, pense qu'il faut profiter de ta jeunesse.

Alors je me sentis vraiment heureux, car, en parlant de la sorte, l'oncle Conrad songeait à mon mariage avec Margrédel. Il descendit ensuite dans la cour, et de ma fenêtre, qui donnait de ce côté, je le vis entrer sous la grande échoppe, visiter ses tonnes et ses foudres, examiner les cercles l'un après l'autre, puis s'arrêter quelques instants après les bras croisés devant le pressoir. Enfin il ouvrit la porte du cellier à droite, et je l'entendis frapper sur les tonnes vides, qui retentissaient au fond des voûtes sonores.

Le soleil était magnifique.

Midi ayant sonné, je descendis dans la grande salle, où je trouvai Margrédel en train de mettre la nappe. Alors je lui racontai les paroles de son père en lui prenant la main ; elle baissait les yeux et ne disait rien.

– Ah ! Margrédel, m'écriai-je, je crois bien que tu m'aimes... mais si tu me le disais, vois-tu, je serais le plus heureux des garçons du village.

Mais elle alors d'une voix douce répondit :

– Pourquoi donc, Kasper, ne t'aimerais-je pas ?

N'es-tu pas le plus honnête homme, le plus...

– Non, non, ce n'est pas comme cela, Margrédel, qu'il faut me répondre. Dis seulement : « Kasper, c'est toi que j'aime ! »

– Hé ! fit-elle en ouvrant la porte de la cuisine, tu n'es jamais content.

Comme l'oncle traversait alors l'allée, je n'eus pas le temps d'en dire davantage. Il entra d'un air grave, et, s'asseyant, il déploya sa serviette sur ses genoux, quoique Margrédel n'eût encore rien servi.

– C'est drôle, fit-il en regardant des femmes qui passaient sous nos fenêtres avec de grands paniers sur la tête, c'est drôle, quelle masse de gens reviennent de Kirschberg ! Depuis ce matin, on ne voit que des paniers de prunes et des tonnelets de kirschwasser.

Margrédel entrait au même instant et déposait la soupière fumante sur la table. Je m'assis à côté d'elle, et l'oncle nous servit ; puis Orchel apporta le plat de choucroute avec un morceau de petit salé. L'oncle Conrad servait et mangeait en silence ; personne ne songeait à rien, quand vers la fin du dîner, se redressant sur sa chaise, il s'écria :

– On ne parle plus que de ce canonnier ; tout à l'heure encore, deux vieilles, qui traversaient l'allée des houx derrière le hangar, disaient : « Le canonnier a fait ceci ! le canonnier a fait cela !» C'est étonnant.

Je vis alors qu'il pensait encore à ce que le père Mériâne nous avait dit la veille aux « Trois-Roses », et cela me surprit beaucoup, car l'oncle Conrad ne songeait d'habitude qu'à ses propres affaires, et non à celles des autres.

Margrédel aussi parut étonnée.

– De quel canonnier est-ce que tout le monde parle ? fit-elle.

– De ce grand Yéri-Hans, qui vient de finir son congé, dit-il, et qui se donne l'air d'être l'homme le plus fort du pays.

– Le fils du vieux Yéri du Kirschberg ? ah ! je le connais bien, dit Margrédel toute réjouie. C'est un beau garçon, grand et tout blond, n'est-ce pas, mon père ? Il me semble encore le voir, comme il y a aujourd'hui sept ans, la première fois que vous m'avez conduite à la fête. Il dansait dans la « Madame-Hütte », et tout le monde disait : « Quel beau garçon ! Comme il danse bien ! Il n'y en a pas un au village pour danser comme le fils du vieux Yéri. » Moi, j'étais encore bien jeune dans ce temps-là, je me tenais derrière les autres avec la tante Christine, mais j'aurais bien voulu danser tout de même ; mes jambes fourmillaient. Je regardais tout le monde qui s'amusait, et personne ne pensait à moi. Voilà que tout à coup Yéri, qui se promenait autour de la salle, me voit, et aussitôt il s'arrête en disant : « Faites place ! faites place ! » Je ne savais pas ce qu'il voulait, et, comme les voisins tournaient la tête : « Tiens, tiens, mademoiselle Margrédel, c'est vous ? fit-il ; maître Conrad est donc ici ? Je ne vous avais pas vue. Mon Dieu ! mon Dieu ! pourquoi donc ne dansez-vous pas ? – À quoi pensez-vous ? s'écria la tante Christine ; elle est encore trop jeune, monsieur Yéri ! – Trop jeune ! C'est maintenant une grande demoiselle... et la plus jolie de la fête encore : je veux être son cavalier ! » Et il me prend par la main, il me tire dehors, et aussitôt la musique recommence. Seigneur Dieu ! que nous avons dansé cette nuit-là jusqu'à deux heures du matin ! Toutes les autres étaient jalouses. Je m'en rappellerai toute ma vie !

Ainsi parla Margrédel, les yeux brillants, les joues toutes rouges, en songeant à ces choses. Moi, pendant qu'elle parlait, je sentais mon cœur se serrer, j'étais triste, mais je ne pouvais rien dire. L'oncle Conrad aussi se taisait, tout rêveur.

– Comment ! Yéri est revenu maintenant ! fit Margrédel. Il ne pense plus à cela, bien sûr ; mais c'est égal, il m'a bien fait plaisir tout de même ce jour-là : c'est la première fois que j'ai dansé !

– Eh bien ! oui, justement, c'est ce grand blond dont tout le monde parle, répondit l'oncle. Je ne dis pas qu'il ne soit pas fort ; je dis seulement qu'on a tort de le mettre au-dessus de tout l'univers. Si j'étais garçon, cela ne pourrait pas aller. Heureusement Kasper est raisonnable, lui ; il n'ira jamais chercher dispute à des gens de cette espèce ; mais chacun voit les choses à sa manière, et je ne m'étonnerais pas qu'à la fin, un homme solide comme le charbonnier Polack, du Hartzberg, par exemple, ou le bûcheron Diemer, de la Schnéethâl, ennuyé d'entendre toutes ses vanteries, n'aille tranquillement le prendre au collet et le jeter sous la table. Oui, cela pourrait bien arriver à Yéri, et ce serait bien fait, car c'est trop fort aussi ce que disait hier le vieux Mériâne, c'est trop fort.

Alors l'oncle Conrad se leva, prit son feutre et fit trois ou quatre tours dans la chambre, les lèvres serrées. J'étais content de ce qu'il venait de dire ; Margrédel ôtait les couverts et repliait la nappe en silence. Et comme nous étions ainsi depuis quelques minutes,

Orchel entra en criant que « Rœsel » allait vêler.

Alors toutes ces choses furent oubliées ; l'oncle Conrad se débarrassa de sa veste et nous dit à Margrédel et à moi :

– Restez dans la chambre, vous ne feriez que nous gêner ; arrive, Orchel. Quand ce sera fini, vous viendrez.

Ils sortirent, et Margrédel aussitôt me demanda pourquoi son père était si fâché contre Yéri-Hans. Je lui dis que c'était à cause de ses vanteries extraordinaires ; que ce grand canonnier se glorifiait toujours, depuis son retour d'Afrique, d'être l'homme le plus fort et le plus beau garçon du pays, et que toutes les filles devaient tomber amoureuses de lui.

Margrédel m'écouta sans répondre, et quand j'eus fini, baissant les yeux, elle rentra dans la cuisine et se mit à laver les assiettes.

Une demi-heure après, Orchel étant venue nous annoncer que « Rœsel » avait mis bas, nous descendîmes tous ensemble à l'écurie, où nous vîmes la bonne bête qui léchait son veau d'un air tendre, et l'oncle Conrad tout joyeux qui s'écriait.

– Maintenant, je ne regrette plus mes peines. Dans cinq ou six ans, nous n'aurons plus que de l'espèce suisse, c'est la meilleure. À mesure qu'il me viendra des veaux, je me déferai des vieilles bêtes.

Margrédel et moi, nous étions tout émerveillés de voir que le petit cherchait déjà le pis de sa mère ; c'était vraiment curieux à cet âge, et l'oncle lui-même disait :

– Qu'on vienne encore nous chanter après cela que les animaux n'ont pas d'esprit ! Quel enfant pourrait se tenir debout en venant au monde ? Lequel aurait assez de bon sens pour prendre le sein lui-même, et regarder les gens comme ce petit animal ?

Il célébrait aussi la beauté du veau, sa grosseur, la forme de ses genoux bien carrés et solides. Orchel, la corbeille sous le bras, répandait du sel dessus, pour engager « Rœsel » à le lécher.

Enfin, toute cette journée se passa de la sorte ; la joie était dans la maison, et, jusqu'au soir, la porte de l'écurie resta ouverte, pour que les voisins et les voisines pussent venir admirer la belle petite bête. Il y en avait toujours trois ou quatre devant la crèche ; l'oncle Conrad, au milieu d'eux, ne tarissait pas en éloges sur l'espèce suisse, et leur expliquait que, pour le travail, la qualité du lait et la viande, il n'y en avait pas de meilleure.

Tout le monde nous enviait, et le soir étant venu, nous bûmes un bon coup de kütterlé à la santé de « Rœsel ». Après quoi chacun alla se coucher, l'oncle Conrad en ayant assez, disait-il, d'entendre tous les bavardages des « Trois-Roses » et les propos inconsidérés du père Mériâne.

Le lendemain, qui se trouvait être le mercredi de la fête de Kirschberg, l'oncle Conrad sortit de grand matin pour aller voir ses vignes. Il faisait un temps superbe, et lorsque je descendis vers sept heures, les trois fenêtres de la salle étaient ouvertes. Margrédel, le balai à la main, causait dehors sur l'escalier avec la petite Anna Durlach, la grande Berbel Finck et trois ou quatre autres de ses camarades revenues de la fête.

– Ah ! qu'on s'est amusé ! Ah ! qu'on a dansé ! Ah ! qu'on s'est fait du bon temps ! Quel dommage, Margrédel, que tu ne sois pas venue ! Il y avait des garçons de tous les villages, d'Orbay, de Turckheim, des Trois-Épis, de Ribauvillé, de Saint-Hippolyte, de partout. Nickel s'est fâché parce que j'ai fait une valse avec Fritz, mais cela m'est bien égal.

Et ceci... et cela... comme de véritables pies.

Tout le long de la rue, on ne voyait, devant les portes, que des charrettes en train de décharger leurs « kougelhof », leurs pâtés, leurs sacs de prunes, leurs tonnelets de kirschwasser ; des enfants soufflant dans leurs trompettes de bois, des garçons dételant et conduisant les chevaux à l'écurie.

Moi, tranquillement assis devant la table, je déjeunais seul et j'entendais tout ce qui se disait sur l'escalier, sans y faire grande attention ; mais tout à coup on parla de Yéri-Hans, et comme j'écoutais, voilà que Margrédel, qui me tournait le dos depuis un quart d'heure, regarda de mon côté par la porte entr'ouverte en se penchant un peu, et dans le même instant tout se tut. Cela ne me parut pas naturel ; je me dis :

« Pourquoi donc Margrédel a-t-elle peur qu'on parle de Yéri-Hans devant moi ? »

Toute la matinée, cette idée me poursuivit. Je ne pouvais tenir en place ; j'aurais donné la moitié de mon bien pour apprendre qu'on avait cassé trois dents sur le devant de la bouche de ce canonnier, ou qu'il avait eu le nez aplati d'un coup de poing terrible. J'allais d'une maison à l'autre, causant de la fête, et partout on me disait que Yéri-Hans était le plus fort de l'Alsace et des Vosges. Quel malheur d'être ennuyé de la sorte, sans qu'il y ait de votre faute.

Enfin, vers onze heures, étant rentré chez nous, je vis l'oncle Conrad qui remontait la rue presque aussi triste que moi. Il s'arrêtait de temps en temps pour causer avec les voisins, chose contraire à ses habitudes. Moi, le coude au bord de la fenêtre, je regardais. Et comme il arrivait devant la maison, voilà que le grand Bastian, notre maître d'école, avec son feutre râpé, son large habit vert-pomme à boutons de cuivre larges comme des cymbales, ses culottes courtes, ses grands souliers plats garnis de boucles de cuivre, se met à descendre la rue majestueusement.

M. Bastian revenait de la fête, son parapluie de toile bleue sous le bras, le nez en l'air, il avait été « jeter au coq » à trois pierres pour deux sous, sur le Thirmark, et comme il ne s'était encore trouvé personne de comparable à lui pour lancer les pierres, l'oncle Conrad pensait naturellement qu'il avait remporté le prix du coq, ainsi que les années précédentes.

M. Bastian était aussi fort grave et fort triste ; ses jambes d'une demi-lieue s'allongeaient en cadence ; il se tenait raide et sévère, et quand les enfants lui criaient en passant :

– Bonjour, monsieur Bastian ! bonjour, monsieur Bastian ! Il ne répondait pas et regardait les nuages.

– Hé ! bonjour, maître Bastian, lui dit l'oncle Conrad, comment ça va-t-il ?

Le maître d'école, reconnaissant cette voix, abaissa les yeux, et levant aussitôt son grand feutre, l'échine inclinée, il répondit humblement :

– Mais ça va bien, monsieur Stavolo, ça va bien ; pour vous rendre mes devoirs.

Alors, l'oncle Conrad l'attirant à part devant l'escalier, sous la fenêtre, commença par lui dire :

– Venez donc un peu par ici, maître Bastian, hors du chemin des voitures ; j'ai toujours du plaisir à causer avec vous.

– Vous êtes bien honnête, monsieur Stavolo, bien honnête, fit le maître d'école, très flatté de ces paroles.

Ils s'avancèrent près du banc de pierre en souriant.

– Eh bien ! fit l'oncle, comment la fête s'est-elle passée au Kirschberg ? Vous revenez de la fête, maître Bastian ?

– Mais oui, monsieur Stavolo, comme vous voyez ; elle s'est passée assez bien... assez bien... il y a eu beaucoup de monde.

– Oui, oui, le temps a été favorable, c'est tout simple, tout naturel.

– À combien les prunes ?

– À trente-deux sous le boisseau, monsieur Stavolo.

– Ah ! bon... c'est bon ! Et le kirschwasser ?

– À vingt-quatre sous le litre, bonne qualité.

– Ah ! ce n'est pas cher ; non, ce n'est pas cher.

L'oncle Conrad se tut un instant ; je voyais bien qu'il ruminait quelque chose, mais je ne savais pas quoi, quand il demanda :

– Et vous avez remporté le prix du coq, maître Bastian, comme toujours ? Cela va sans dire, cela ne se demande pas.

À ces mots, le maître d'école rougit jusqu'aux oreilles, son nez s'effila, il leva les yeux, allongea les lèvres en toussant, et finit par répondre :

– Pardon, monsieur Stavolo, je dois reconnaître... la conscience me force de reconnaître... que cette année... je n'ai pas gagné le prix du coq.

– Comment ! comment ! vous n'avez pas gagné le prix du coq ! fit l'oncle vraiment étonné ; mais qui donc l'a gagné ?

Maître Bastian reprit un peu de calme, ses joues se décolorèrent, et il dit :

– C'est un militaire... un canonnier.

Alors l'oncle se redressant, ses grosses épaules effacées, le nez haut, s'écria :

– Quel canonnier ?

– On l'appelle, je crois, M. Yéri-Hans fils ; c'est un jeune homme du pays. Oui, il a gagné le prix du coq, et plusieurs autres prix considérables, monsieur Stavolo. Il faut rendre hommage à la supériorité de ses émules, et je crois remplir un devoir en publiant ma propre défaite.

L'oncle Conrad se tut quelques secondes, puis élevant la voix :

– Ah ! il a gagné le coq ! Il jette donc bien, ce garçon-là !

– Très bien, très bien, je dois l'avouer.

Puis après une pause, comme pour se recueillir, maître Bastian, les deux mains appuyées sur son parapluie, derrière son long dos plat, le feutre sur la nuque et les yeux levés, reprit d'un accent mélancolique :

– Oui, ce jeune homme a remporté le prix du coq ! Je pourrais diminuer l'éclat de ma propre défaite en rabaissant mon adversaire, mais je ne le ferai pas ; je n'imiterai pas l'exemple déplorable de ceux qui croient s'élever en abaissant les autres. Seulement, monsieur Stavolo, je ne suis pas le premier qui ait souffert les injustices du sort ; je pourrais citer, dans les temps anciens, l'exemple de Cyrus, vaincu par une simple femme, après tant d'éclatantes victoires ; d'Annibal...

– Bon, bon, interrompit l'oncle, je sais tout cela ; mais voyons, comment cela s'est-il passé ? Est-ce honorablement, loyalement ?

– Très loyalement.

Alors maître Bastian, tirant de sa poche de derrière un grand mouchoir de toile bleue à raies rouges, s'essuya le front, où coulait la sueur, et dit :

– Vers neuf heures et demie, lorsque j'arrivai, le coq était sur sa perche. Je vis d'abord qu'on avait reculé la distance d'une toise et demie, que je mesurai moi-même, ce qui ne laisse pas que d'être considérable, avec les douze autres toises. N'importe, la condition étant égale pour tous, je me décide à concourir. On avait déjà touché le coq plusieurs fois, mais si faiblement, que toutes ses plumes lui restaient. J'assistai jusque vers onze heures au concours, sans y prendre part.

» À cette heure, monsieur Stavolo, je choisis trois pierres et je touche le coq deux fois. Cela m'encourage, et, jusqu'à trois heures, je dépense douze sous, ce qui fait dix-huit pierres, dont plus d'un cinquième avaient touché ; mais ce coq, étant de la race sauvage des hautes Vosges, avait la vie si dure, que la moindre goutte d'eau-de-vie le remettait sur ses pattes. Enfin, entre trois et quatre heures, je commençais à désespérer ; la somme dépensée était tellement en dehors de mes habitudes et de la valeur du prix, que je restai là fort indécis. Je me décidai portant à jeter encore trois pierres, et, de la troisième, j'abasourdis tellement le coq, qu'il resta plus d'une minute à fermer et à rouvrir les yeux. Toute l'assistance proclamait ma victoire, lorsque le jeune homme dont je vous ai parlé tout à l'heure arrive ; il ouvre le bec du coq et lui souffle dedans, de sorte que l'animal se réveille comme d'un rêve, se redresse sur la planche et secoue sa crête, comme pour se moquer du monde. J'étais vraiment désespéré, monsieur Stavolo ; pareille chose ne s'était jamais vue en Alsace, de mémoire d'homme. Cependant la confiance me restait encore que personne ne ferait mieux que moi ; et c'était aussi l'opinion générale. Personne ne voulait plus jeter sur un animal si rebelle au sort qui nous est réservé à tous tôt ou tard.

» Mais cette opinion n'effraya point le fils Yéri-Hans : sans y prendre garde, il choisit trois pierres tranchantes, le fond d'un vieux pot, déclarant qu'il ne dépassera pas ce nombre, et que s'il ne tue pas le coq de ces trois pierres, il l'abandonnera, sans nouvelle tentative, à sa destinée.

» Tout le monde considérait cela comme une vaine fanfaronnade, et moi-même, monsieur Stavolo, je me disais en riant : « Voilà bien la folle présomption d'une jeunesse inconsidérée, nourrie d'elle-même ! » Enfin M. Yéri-Hans ôte sa veste de canonnier et lance sa première pierre, qui frappe à deux lignes au-dessous de la planchette, avec une force telle, que tous les assistants purent en voir la marque. De la seconde, il toucha le coq et lui fit sauter tant de plumes, qu'il était véritablement plumé de tout le côté droit. On croyait la chose finie ; mais alors, à mon tour, et par une juste réciprocité, je soufflai dans le bec du coq, qui se redressa sur la planche, les narines pleines de sang. Tout restait donc indécis encore ; mais de sa troisième pierre, le canonnier frappa si juste, qu'il coupa la tête du coq à la naissance du cou, et, par cet accident, il devint impossible de le ranimer, soit en lui versant de l'eau-de-vie, soit en lui soufflant dans le bec, puisque la tête était à terre. Cela décida de la victoire !

Pendant ce récit, l'oncle Conrad écoutait tout émerveillé, enfin il dit :

– Oui, c'est adroit. J'ai toujours pensé que ce garçon était plus adroit que les autres ; mais la force est toujours la force, et l'adresse ne peut pas faire qu'un sapin soit plus fort qu'un chêne ; voilà ce que je soutiens, moi.

– Monsieur Stavolo, faites excuse, dit le maître d'école, ce jeune homme est aussi fort qu'il est adroit. De même qu'il m'a vaincu pour le prix du coq, de même il a vaincu les plus forts de la fête à la lutte.

– Qui ? s'écria l'oncle.

– Le nombre en est incalculable, répondit maître Bastian en gonflant ses joues et levant les yeux au ciel ; mais, pour ne vous en citer qu'un seul, vous connaissez le bûcheron Diemer, de la Schnéethâl ?

– Sans doute je le connais, fit l'oncle Conrad.

– Eh bien ! monsieur Stavolo, il a terrassé Diemer comme une mouche.

– Il a mis Diemer à terre sur les deux épaules ?

– Précisément, sur les deux épaules.

– Ça, monsieur Bastian, si vous me dites que vous l'avez vu, j'en serai plus étonné que de tout le reste.

– Je l'ai vu, monsieur Stavolo.

– Vous l'avez vu ! Mais connaissez-vous les règles de la lutte ? Avez-vous observé s'il n'y a pas eu de tours de crochets dans les jambes ; si l'on s'est pris au-dessous des bras à la taille, ou si l'on s'est fait de mauvaises feintes ?

– Je n'ai vu qu'une chose, c'est que Yéri-Hans fils a pris le bûcheron aux épaules et qu'il l'a renversé sur le dos ; après quoi, comme l'autre voulait recommencer, il l'a enlevé brusquement et jeté par-dessus la palissade de la « Madame-Hütte », comme un sac.

– Tout cela, ce sont des tours, dit l'oncle devenu tout pâle. Mais voici midi. Merci, monsieur Bastian, il faut que je monte dîner.

– J'ai bien l'honneur, monsieur Stavolo, dit le maître d'école en levant son feutre.

Puis il ajouta :

– Telle je vous ai raconté cette chose, telle elle est.

– Oui, oui, fit l'oncle, vous n'avez rien vu de ce qu'il fallait voir. Mais, c'est égal, il est adroit tout de même ce Yéri-Hans.

Et sur ce, l'oncle Conrad gravit l'escalier tout rêveur ; M. Bastian s'éloigna.

Dans l'après-midi du même jour, Waldhorn vint me dire que nous étions engagés à faire de la musique aux noces de Lotchen Omacht, la fille du meunier de Bergheim ; qu'il y avait le trombone Zaphéri de Guebwiller, Coucou-Peter et son neveu Mathis, pour la contrebasse et le violon, et moi pour la clarinette ; qu'il tâcherait d'avoir un tambour à Zellemberg, et que s'il n'en trouvait point, le « watchman » Brügel consentirait volontiers à remplir cette partie, moyennant trois francs la soirée.

Nous partîmes ensemble à la nuit. Et comme les noces durèrent deux jours, je ne revins à Eckerswir que le samedi suivant, vers dix heures du matin. J'avais gagné mes six écus, ce qui naturellement me mettait de bonne humeur.

V

En remontant la grande rue, je savais déjà que Margrédel était seule à la maison. Elle avait l'habitude, quand son père allait aux vignes le matin, d'ouvrir les fenêtres de la grande salle pour donner l'air, et justement les fenêtres étaient ouvertes.

Je courais donc, ma clarinette sous le bras et le cœur joyeux, pensant la surprendre ; mais au moment de monter l'escalier, qu'est-ce que je vois ? La bohémienne Waldine, – avec sa longue figure de chèvre, son bout de pipe entre ses lèvres bleues, son petit Kalep, noir comme un pruneau, dans un sac sur l'épaule, – qui sortait en traînant ses savates et qui riait en se grattant le bas du dos.

L'oncle Conrad ne pouvait pas souffrir cette espèce de gens ; il disait que les bohémiens ne sont bons qu'à voler, à piller, à porter les commissions des filles et des garçons d'une maison à l'autre, en cachette, pour attraper deux liards. Quand par hasard quelques-uns d'entre eux se trompaient de porte et venaient chez nous, il leur criait d'une voix de tonnerre :

– Voulez-vous bien sortir, tas de gueux !... Voulez-vous bien vous en aller !... Prenez garde !... On n'attrape ici que des coups de bâton !

Aussi ne venaient-ils presque jamais.

Vous pensez donc bien que la vue de cette femme m'étonna ; je me dis en moi-même : « Bien sûr qu'elle vient de prendre quelque chose, du chanvre, du lard, des œufs, dans l'armoire de la cuisine, n'importe quoi... d'autant plus qu'elle rit. » Cela me paraissait très clair, et j'allais crier, quand elle se dépêcha de descendre de l'autre côté de l'escalier, et, presque en même temps, je vis Margrédel qui se penchait à la fenêtre, pour la regarder d'un air de bonne humeur. Alors je me tus, mais je ne sais combien d'idées me passèrent par la tête. Margrédel, m'ayant vu, se retira comme pour balayer la salle, et moi j'entrai, disant :

– Hé ! bonjour, Margrédel ; me voilà de retour.

Elle semblait un peu fâchée, et répondit :

– Tiens, c'est toi, Kasper ; tu n'as pas été longtemps dehors.

– Ah ! Margrédel, ce n'est pas bien ce que tu me dis là, m'écriai-je en riant, mais tout de même triste à l'intérieur ; non ce n'est pas bien. Il paraît que tu n'as pas trouvé le temps long après moi.

Elle parut alors tout embarrassée, et répondit au bout d'un instant :

– Tu vois du mal à tout, Kasper. Chaque fois que nous nous trouvons seuls, la première chose que tu as à me dire, ce sont des reproches.

– Eh bien ! est-ce que je n'ai pas raison ? m'écriai-je.

Mais voyant qu'au lieu de s'excuser, elle allait entrer dans la cuisine et me planter là.

– Tiens, Margrédel, lui dis-je, quoique tu ne penses pas à moi, je ne t'oublie jamais. Regarde, je viens encore d'acheter cela pour toi.

Et je lui remis un magnifique ruban de soie bleue que j'avais dans mon sac.

Elle ouvrit le papier d'un air moitié fâché, moitié content, et quand elle eut regardé le ruban et qu'elle l'eut trouvé beau, tout à coup me souriant les larmes aux yeux, elle me dit :

– Kasper, tu es un bon garçon tout de même !... Oui... oui... je t'aime bien !

En même temps elle m'embrassa, ce qu'elle n'avait jamais fait. Je me sentis tout triste ; j'aurais bien voulu lui demander pourquoi la bohémienne était venue à la maison, mais je n'osais pas. Je lui dis seulement :

– Cela me réjouit de voir que ce ruban te plaît, Margrédel ; j'avais peur tout le long de la route qu'il ne fût pas de ton goût.

– Oui, il me plaît, dit-elle en s'approchant du miroir, et le pliant en flot sous son joli menton rose ; il est très beau ; tu m'as fait plaisir, Kasper.

En entendant cela, tout le reste fut oublié, et je demandai :

– Qu'est-ce que la bohémienne est venue faire ici ?

Margrédel rougit, et dans ses yeux je vis un grand trouble.

– Waldine ?... fit-elle.

– Oui, Waldine ; qu'est-ce qu'elle est venue faire ?

– C'est une pauvre femme... avec son petit enfant... Je lui ai donné des noix... Mais il est temps que j'aille voir si le dîner avance ; voici onze heures, mon père va bientôt revenir.

Elle entra dans la cuisine. Moi, je montai dans ma chambre, déposer mon sac et ma clarinette, rêvant à ce qui venait d'arriver, au trouble de Margrédel, et pensant en moi-même qu'elle s'était fait dire la bonne aventure ; car des amoureux, elle n'en a pas d'autre que moi dans le village. Chacun savait que le père Stavolo ne plaisantait pas sur ce chapitre.

Ces idées me parurent naturelles, et je finis par trouver que j'avais tort d'être inquiet ; que Margrédel faisait comme toutes les jeunes filles, et qu'elle avait bien raison de me reprocher ma méfiance. Cela me rendit tout joyeux. Enfin, au bout d'un quart d'heure, comme je rêvais encore à ces choses, j'entendis la voix forte de l'oncle Conrad, qui me criait d'en bas, au pied de l'escalier :

– Hé ! Kasper, descends donc te mettre à table. Te voilà de retour ! Hé ! quel beau ruban tu as apporté à Margrédel ! Tu vas te ruiner, garçon !

Je descendis, et l'oncle riait de si bon cœur, que moi-même j'en fus content. Une grosse omelette au lard était déjà sur la table. Tout en mangeant, je racontai comment s'était passée la noce de Bergheim, ce que Margrédel aimait toujours entendre.

Mais vers la fin du dîner, et comme nous allions nous lever, voilà qu'une hotte et un panier grimpent l'escalier devant les fenêtres ; on frappe à la porte.

– Entrez ! Hé, c'est la mère Robichon et son fils ! crie l'oncle Conrad. Bonjour donc, bonjour, il y a longtemps qu'on ne vous a vus.

C'était la mère Robichon et son garçon Nicolas, les colporteurs de la verrerie de Wildenstein. La vieille avait son grand panier rempli de verres, des « maënnelglaësser », qui se vendent par centaines en Alsace, et Nicolas, sa grande hotte, qui lui remontait en forme de casque jusque par-dessus la tête, pleine de bouteilles. Ces gens n'étaient pas fâchés de s'asseoir, car il faisait chaud dehors, et la route de Wildenstein à Eckerswir est longue.

– Mon Dieu, oui, c'est nous, maître Conrad, fit la vieille ; nous venons voir s'il ne vous faut pas de gobelets.

– Bon, bon, asseyez-vous, mère Robichon ; nous causerons de

cela tout à l'heure ?

Il aida la vieille à descendre son panier, pendant que je soutenais la hotte de Nicolas au bord de la table, pour qu'il pût retirer ses bretelles. On appuya la hotte au mur, et l'oncle Conrad, qui aimait les gens laborieux, s'écria :

– Margrédel, va chercher deux verres ; la mère Robichon et Nicolas prendront un verre de vin avec nous. Asseyez-vous ; avancez des chaises par ici, près de la table.

– Vous êtes bien bon, dit la mère en s'asseyant ; ce n'est pas de refus un verre de vin, par la chaleur qu'il fait dehors.

Nicolas, avec son bonnet de coton bleu rayé de rouge, sa blouse, ses pantalons de toile grise et ses souliers à gros clous, tout blancs de poussière, se tenait debout au milieu de la salle, sans oser s'asseoir.

– Allons donc, assieds-toi, Nicolas, lui dit l'oncle en lui montrant une chaise.

Alors il s'assit.

Margrédel apporta des verres et l'oncle versa jusqu'aux bords.

– À votre santé, mère Robichon.

– À la vôtre, et que Dieu vous le rende !

On but, et l'oncle, plus joyeux, se mit à causer de ceci, de cela : des peines du métier de colporteur, des mauvaises payes, du chemin qu'il fallait faire pour gagner sa vie, etc. Il s'informa du prix des verres, de ce que contenaient les auberges, de ce que rapportait chaque tournée, enfin de tout ce qui se passait en Alsace depuis Belfort jusqu'à Strasbourg, car c'était son habitude d'interroger ainsi les étrangers : il aimait à tout connaître.

La mère Robichon soupirait ; elle disait que les temps devenaient plus durs. Nicolas, les deux mains sur ses genoux et le dos tout rond, ne disait rien ; seulement il regardait la bouteille, et l'oncle Conrad remplit encore une fois les verres, ce qui lui fit plaisir, car il rit de ses grosses lèvres et s'essuya le nez du revers de sa manche, comme pour s'apprêter à boire ; mais la vieille n'était pas pressée, et il attendait qu'elle avançât la main.

Margrédel et moi nous écoutions, plaignant ces pauvres gens, qui font un bien rude métier, été comme hiver, tant qu'ils peuvent aller, et qui finissent par rester misérables malgré leurs peines. Je bénissais le ciel de m'avoir donné le goût de la clarinette plutôt que la hotte de Nicolas.

Finalement, après avoir fait un grand détour, l'oncle Conrad s'écria :

– À propos, mère Robichon, vous avez été bien sûr à la fête de Kirschberg ?

– Oui, monsieur Stavolo, oui, nous y avons été. À la fête de Kirschberg, voyez-vous, le kirschwasser et l'eau-de-vie de myrtilles font casser plus de verres et de bouteilles qu'à toutes les autres fêtes de l'Alsace. Nous arrivons toujours avec nos paniers pleins, et nous retournons à Wildenstein les paniers vides. Quelquefois Nicolas emporte sur sa hotte une petite tonne de kirschwasser, pour les messieurs de Wildenstein, mais pas tous les ans.

– Ah ! vous avez été à Kirschberg, dit l'oncle. Et dites donc, est-ce que vous avez entendu parler du fils Yéri-Hans, le canonnier ?

– Si nous en avons entendu parler, Seigneur Dieu ! dit la mère en joignant ses mains sèches ; je crois bien que oui, monsieur Stavolo, et beaucoup.

– Ah ! bon ! Est-ce que tout ce qu'on dit sur son compte est vrai ?

– Si c'est vrai, Dieu du ciel ! je crois bien, on ne peut pas en dire assez. Ça, monsieur Stavolo, c'est un homme des vieux temps, un homme beau, un homme...

– Voyons, mère Robichon, voyons, interrompit l'oncle, vous avez couché dans la grange du père Yéri-Hans, n'est-ce pas, comme toujours, et...

La vieille devina tout de suite ce que l'oncle voulait dire et répondit :

– Pour ça, oui, monsieur Stavolo, nous avons logé dans la grange de M. Yéri-Hans ; mais ce n'est pas ce qui nous fait parler, non, c'est la vérité : le canonnier est tout ce qu'il y a de plus beau, de plus dansant, de plus riant et de plus honnête.

– Je ne dis pas le contraire, s'écria l'oncle, mais...

– Et d'abord, fit la vieille, vous saurez qu'en arrivant il m'a reconnue tout de suite et qu'il a crié : « Hé ! voici la mère Robichon ! bonjour, la mère Robichon ! ça va-t-il toujours bien ? » Et il m'a fait asseoir, il m'a versé un verre de vin. Après cela, vous le croirez si vous le voulez, il m'a même acheté sur la foire un pain d'épice d'une demi-livre en disant : « Mère Robichon, vous vous rappelez que dans le temps, il y a dix-huit ans, quand vous arriviez à la ferme, vous m'apportiez toujours des petits pains d'épice anisés ! » Et c'est la pure vérité, monsieur Stavolo, ce pauvre enfant était tout pâle, tout pâle ; la mère Yéri ne pensait pas le conserver ; je lui apportais des pains d'épice contre les vers, de chez le pharmacien Hospes. Et à cette heure, quel homme, Seigneur Dieu, quel homme ! Ah ! quand on voit des enfants, on ne peut pas savoir ce qu'ils deviendront.

Ainsi parla la vieille d'une seule haleine. L'oncle Conrad semblait impatient ; Margrédel écoutait, la bouche entr'ouverte, et moi je regardais Margrédel, pensant : « Comme ses yeux brillent ! »

L'idée de la bohémienne me revenait malgré moi.

– Bon, bon, cria l'oncle, il vous a donné du pain d'épice, c'est beau de sa part, ça prouve qu'il est reconnaissant ; mais pourquoi donc est-ce qu'on dit qu'il est l'homme le plus fort du monde ?

– Du monde, monsieur Stavolo, pour ça, je ne sais pas ; non, dans le monde, il doit y en avoir d'aussi forts, mais le plus fort du pays, ça, c'est sûr.

– Du pays ! dit l'oncle. Et le charbonnier Polak, le bûcheron Diemer...

– Il les a mis par terre, interrompit la vieille.

– Comment... qui ?

– Le charbonnier, monsieur Stavolo.

– Le charbonnier était là ?

– Oui, c'est le dernier qu'il a renversé ; même qu'après la lutte, il a fallu faire prendre à Polak trois grands verres de kirschwasser, à cause des efforts qu'il s'était donnés, ses genoux tremblaient, ses mains et ses épaules aussi ; on aurait cru qu'il allait mourir.

– Vous avez vu ça ?

– Je l'ai vu, monsieur Stavolo. N'est-ce pas, Nicolas ?

– Oui, ma mère, répondit le garçon à voix basse.

Alors l'oncle Conrad, regardant la table et sifflant entre ses dents je ne sais quoi, ne dit plus rien. De sorte qu'au bout d'une minute, la mère Robichon reprit :

– Et même, monsieur Stavolo, tenez, à cette heure ça me revient : il m'a parlé de vous.

– De moi, fit l'oncle en relevant la tête.

– Oui, il m'a dit en se frottant les mains : « Mère Robichon, je les ai tous mis sous la table, mais il en reste encore un plus fort que les autres : le père Conrad Stavolo, il faut que nous nous regardions le blanc des yeux, et quand je l'aurai couché sur le dos, celui-là sans lui faire du mal, bien entendu, car c'est un homme que je respecte, je pourrai me croiser les bras, en attendant qu'il arrive des hercules du Nord. »

Pendant que la mère Robichon parlait, les joues de l'oncle Conrad se tiraient lentement ; son nez crochu se courbait, ses yeux lançaient des éclairs en dessous.

– Il a dit ça ? fit-il.

– Oui, monsieur Stavolo.

– Polisson ! bégaya l'oncle en se contenant ; parler ainsi d'un homme comme moi, d'un homme de mon âge, d'un homme...

– Mais, cria la vieille, ce n'est pas pour vous faire du mal.

– Du mal, dit l'oncle d'une voix éclatante, du mal ! Qu'il prenne garde, lui, que Conrad Stavolo n'aille le trouver ! Du mal !

Et levant le doigt :

– Qu'il prenne garde !... Défier un homme paisible... un homme qui a livré plus de cinquante batailles...

Alors il se dressa.

– Un homme qui a bousculé Staumitz, le fameux Staumitz, de la haute montagne, comme une mouche... oui, je l'ai bousculé ! Et Rochart, le terrible Rochart, qui portait douze cents et le grand ségare Durand, qui renversait un taureau par les cornes, et Mütz, et Nickel Loos, et le contrebandier Toubac, et le boucher Hertzberg, de Strasbourg... tous, tous m'ont passé sous les jambes ! s'écria-t-il d'une voix qui faisait trembler les vitres.

Puis tout à coup il se calma, se rassit, vida son verre d'un trait et dit :

– De ce grand canonnier, je me moque comme d'une pipe de tabac. Que le Seigneur lui fasse seulement la grâce de ne pas me rencontrer, voilà tout ce que je lui souhaite. Mais c'est bon, je n'ai pas le temps de bavarder comme une pie-borgne. Que Yéri-Hans soit fort ou faible, cela m'est égal. Margrédel, donne-moi ma veste ; je vais au Reethal poser, comme arbitre, une pierre entre Hans Aden et le vieux Richter. Voici bientôt deux heures ; le juge de paix m'attend à la mairie.

Margrédel, toute tremblante, alla chercher la veste. La mère Robichon et son fils rechargèrent leur hotte et leur panier sans rien dire, et l'oncle sortit comme si personne n'avait été là.

Moi, je ne revenais pas de toutes les batailles dont l'oncle Conrad s'était glorifié pour la première fois. Il paraît que, durant sa jeunesse, l'ardeur de la guerre le faisait aller jusqu'à douze ou quinze lieues, dans les Vosges, provoquer les hommes forts pour son plaisir : mais l'âge avait calmé son enthousiasme. Voilà ce que je me dis.

La mère et le fils Robichon nous souhaitèrent le bonjour, et s'en allèrent comme ils étaient venus.

VI

L'oncle Conrad, en rentrant le soir, ne dit plus rien de ces choses ; il soupa tranquillement et se coucha de bonne heure, étant fatigué.

Je n'étais pas fâché non plus, après avoir passé deux nuits à faire de la musique, de m'étendre dans un bon lit. Mais le lendemain vers sept heures, comme je dormais encore, l'oncle m'éveilla :

– Lève-toi, Kasper, dit-il nous allons acheter des petits cochons à Kirschberg, chez la mère Kobus ; sa truie a fait la semaine dernière ; il me faut six petits cochons pour envoyer à la glandée, on ne trouve pas de bonnes occasions d'acheter tous les jours.

– Des cochons de lait pour aller à la glandée, vous n'y pensez pas, mon oncle, lui dis-je. Dans six semaines, à la bonne heure, ils auront des dents mais...

– Je te dis qu'il me faut des petits cochons, reprit-il d'un ton sec ; quand on a deux vaches fraîches à lait et des eaux grasses, on peut nourrir six et même huit petits cochons, je pense. D'ailleurs je vais seulement les choisir ; la mère Kobus me les enverra dans une quinzaine de jours par le « hardier » Stenger. Allons, habille-toi et descends.

– Tout de suite, mon oncle ; seulement vous avez tort de vous fâcher ; je n'ai pas voulu vous contrarier.

– Bon, bon, je n'étais pas fâché, mais arrive !

Alors il descendit, et moi en m'habillant je pensai : « C'est tout de même un peu drôle que l'oncle, au lieu de faire du beurre avec le lait de ses vaches et d'envoyer la grosse Orchel le vendre au marché de Ribauvillé, comme toujours, veuille maintenant nourrir des petits cochons avec ; ce sera de la viande bien délicate. »

Et songeant à ces choses, je descendis dans la grande salle. La voiture était déjà sous les fenêtres, tout attelée. L'oncle Conrad avait déjeuné.

– Bois un coup, Kasper, me dit-il ; prends un morceau de viande et du pain dans ton sac, tu mangeras en route.

On aurait cru que la foire était sur le pont.

Je vis aussi que l'oncle avait mis sa belle camisole grise, son grand feutre, ses culottes brunes et ses bas de laine, qui lui donnaient un air respectable. Il avait relevé le col de sa chemise par-dessus ses oreilles, et je pensais en moi-même : « Est-ce qu'il a besoin de s'habiller en dimanche pour acheter des cochons ? »

Comme nous descendions l'escalier, Margrédel se pencha par la petite fenêtre de la cuisine pour nous crier de sa voix douce :

– Vous serez de retour avant la nuit ?

– Sois tranquille, répondit l'oncle en m'aidant à monter sur la botte de paille, et s'asseyant auprès de moi.

– Hue, « Fox » ! hue, « Rappel » !

La voiture partit comme le vent.

L'oncle Conrad paraissait grave. Lorsque nous fûmes hors du village, galopant entre les deux longues files de peupliers qui mènent à Kirschberg, il dit :

– Je vais acheter des cochons. C'est la bonne saison ; voici le temps de la glandée. Je vais au village de Kirschberg, parce que la mère Kobus m'a dit, il y a cinq jours, qu'elle a des petits cochons à vendre. Nous arriverons pour cela ; tu comprends, Kasper ?

– Hé ! c'est facile à comprendre.

– Justement, c'est facile à comprendre ; voilà ce que je voulais dire. – Hue, « Fox », hue !

Il tapait sur les chevaux.

Moi, je pensais : « L'oncle Conrad me croit donc bien bête, puisqu'il m'explique les choses comme à un petit enfant : « Nous allons acheter des cochons... c'est la bonne saison... Nous arriverons pour cela chez la mère Kobus, et non pour autre chose... Tu comprends, Kasper ».

Au bout d'un instant, il dit encore :

– Moi, je suis un homme de la paix, de la tranquillité, un bon bourgeois d'Eckerswir, qui s'en va tranquillement acheter des petits cochons dans un village voisin ; mais si quelqu'un lui cherche dispute, il se défendra, naturellement.

Alors je regardai l'oncle, et je me dis en moi-même : « Ah ! ah ! voilà donc pourquoi nous allons à Kirschberg ! »

Et rien qu'à voir sa figure paisible, j'en avais la chair de poule ; il arrondissait son dos, il s'était fait raser le matin, il avait mis une chemise blanche : il avait la figure d'un bon bourgeois, c'est vrai ; mais en regardant son nez crochu et ses yeux gris, je pensai tout de suite : « Celui qui voudrait nous attaquer se tromperait joliment ; ce serait une drôle de surprise pour lui. » Et toutes les histoires de bataille de mon oncle me revenaient à l'esprit. Je ne pouvais m'empêcher de l'admirer en moi-même, avec son air de bon vigneron, amateur de la paix. Et comme nous galopions toujours, je lui dis :

– Qui est-ce qui pourrait vouloir nous attaquer, oncle Conrad ? Il n'y a plus de brigands sur les grandes routes.

– Je dis seulement, « si on nous attaquait » ; Kasper, tu comprends, ce serait bien mal d'insulter un homme paisible comme moi, qui a des cheveux gris, un père de famille qui ne demande qu'à passer son chemin ; n'est-ce pas ?

– Oh ! oui, ce serait bien mal, lui dis-je. Celui qui ferait cela pourrait s'en repentir.

– Ça, oui ! car on se défendrait ; il faudrait faire son possible. On ne peut pourtant pas se laisser bousculer sans répondre, fit l'oncle d'un air bonhomme ; ce serait trop commode pour les gueux, si les gens de bien se laissaient battre, cela les engagerait dans le mal, et finalement ils se croiraient les forts des forts, parce qu'on n'aurait rien dit. – Hue, « Rappel » !

Je vis bien alors que l'oncle Conrad allait exprès au Kirschberg pour se faire attaquer par Yéri-Hans, et d'abord j'eus peur de ce qui pouvait arriver. Je songeais au moyen de prévenir cette terrible rencontre, car le grand canonnier ne pouvait manquer de venir au « Cruchon d'or », en apprenant que l'oncle s'y trouvait ; c'était sûr, d'après ce que nous avait dit la mère Robichon. Que faire ? Comment engager l'oncle à revenir ?

Je le regardais du coin de l'œil en rêvant à ces choses ; la voiture galopait ; il semblait si calme, il avait mis tellement le beau jeu de son côté, il paraissait si ferme avec son air de bonhomme, que je ne savais la manière de m'y prendre.

Comme je rêvais ainsi, l'idée me vint que l'oncle Conrad pourrait bien renverser Yéri-Hans, et qu'alors la guerre serait entre eux ; que le grand canonier ne pourrait jamais se montrer à Eckerswir sans honte, qu'il ne ferait plus danser Margrédel, et cette idée me réjouit intérieurement. Ensuite je me dis que si l'oncle Conrad était le plus faible, ce serait bien pire encore : qu'il ne pourrait plus revoir Yéri-Hans, qu'il le maudirait, qu'il défendrait à Margrédel d'en parler devant lui, qu'il le traiterait de bandit, de va-nu-pieds, etc. C'était une mauvaise pensée, je le sais bien ; mais que voulez-vous ? J'aimais Margrédel, et l'idée que la bohémienne pouvait être venue de Kirschberg m'inquiétait ; je songeais à Yéri-Hans comme à la peste, depuis que Margrédel s'était rappelée qu'il l'avait fait danser sept ans auparavant. Enfin les choses sont comme cela ; je ne cache rien, ni le bien ni le mal. Voilà donc ce que je me dis ; et je pensais même que si le grand canonnier ne venait pas au « Cruchon d'or », l'oncle le mépriserait ; de sorte que, de toutes les façons, Margrédel ne reverrait plus Yéri.

Bien loin de détourner l'oncle Conrad d'aller à Kirschberg, ma seule crainte était alors qu'il n'eût lui-même le bon sens de retourner à Eckerswir, soit par crainte ou tout autre motif.

Je me figurais d'avance ce grand canonnier roulant à terre, et je riais en moi-même. Voilà pourtant comme les idées des hommes changent d'une minute à l'autre, quand ils voient leur intérêt quelque part.

Enfin, vers onze heures, le village de Kirschberg se montra sur la côte, au milieu des arbres fruitiers ; la grande ferme du père Yéri-Hans en haut contre le bois, et les petites maisons, avec leurs hangars, le long de la route.

Nous approchions vite ; le bouchon de « l'Arbre vert » et les premières maisons, séparées les unes des autres par des tas de fumier, furent bientôt dépassées.

L'oncle Conrad, à la vue du « Cruchon d'or », au détour de la rue, sur notre gauche, fouetta les chevaux, et dans le même instant, la diligence, toute couverte de conscrits en blouse bleue et calotte rouge, passa comme le tonnerre. Elle sortait de l'auberge, la porte cochère était encore ouverte, et beaucoup d'autres conscrits, des marchands d'hommes, des vieillards, des femmes et quelques jeunes filles se tenaient sur le chemin, saluant ceux qui partaient, et qui secouaient leur bonnet par toutes les fenêtres de la diligence. Quelques-uns, debout en haut, levaient le bras et chantaient la bouche ouverte jusqu'aux oreilles, mais le roulement de la voiture empêchait de les entendre.

C'est au milieu de ce bruit que nous entrâmes dans la cour de l'auberge. Le garçon d'écurie vint prendre les chevaux ; nous descendîmes de voiture, et l'oncle, secouant la paille de ses habits, me dit :

– Arrive, Kasper, arrive, nous allons boire une bouteille de « rangen » avant de dîner ; ensuite nous irons chez la mère Kobus.

Je le suivis sous la voûte, et nous entrâmes dans la grande salle, où fourmillait le monde. Quelques femmes pleuraient, le tablier sur les yeux, d'autres se consolaient, en buvant du vin blanc et mangeant des « bredstelles ». Les marchands d'hommes fumaient gravement dans leurs grandes pipes de porcelaine, et Mme Diederich, avec son grand bonnet de tulle et sa figure ronde toute réjouie, tenait l'ardoise derrière son comptoir.

On ne fit d'abord pas attention à nous ; mais quand nous fûmes assis près des fenêtres, dans un coin à droite, Mme Diederich, nous voyant, vint dire bonjour à l'oncle Conrad d'un air agréable. Elle lui demanda pourquoi nous n'étions pas venus à la fête, comment se portait mademoiselle Margrédel, si tout le monde jouissait d'une bonne santé chez nous, etc. À quoi l'oncle répondit aussi d'un air joyeux. Alors madame Diederich se retira et j'entendis plusieurs personnes murmurer autour de nous :

– M. Stavolo, d'Eckerswir... M. Stavolo.

Et tout le long des tables, les têtes se tournaient pour nous voir. Le tonnelier Gross, près de la porte, dit d'une voix enrouée :

– Celui-là... c'est le plus fort d'Eckerswir : M. Conrad Stavolo, je le connais, il n'aurait pas peur de Yéri-Hans.

L'oncle entendit ces mots, et je vis à sa figure que cela lui faisait plaisir.

Ensuite la servante nous ayant apporté une bouteille de « rangen » et deux verres sur un plateau, l'oncle versa gravement.

– À ta santé, Kasper, dit-il.

– À la vôtre, mon oncle, lui répondis-je.

Quelques instants après, la servante nous apporta des biscuits sur une assiette, car à des personnes distinguées comme l'oncle Stavolo, on n'apporte pas des « knapwurst » avec des petits pains blancs, mais des biscuits ou des macarons, pour leur faire honneur.

Voyant ces choses, je commençais à penser en moi-même que Yéri-Hans n'oserait pas défier l'oncle, et que, s'il venait, nous aurions raison de le mépriser, puisque des gens considérés comme nous ne pouvaient pas aller s'empoigner avec le premier venu. Et je me disais que tout le monde donnerait tort à ce garçon, de sorte que nous aurions remporté la victoire sans nous être battus.

Enfin, pour la seconde fois, je changeais d'idée depuis le matin, quand tout à coup un grand canonnier, avec son petit habit-veste bien rembourré et serré comme le casaquin d'une fille à la taille, sa casquette pointue, à visière relevée, sur l'oreille, le pantalon de toile grise très large, un homme brun, les yeux bleus, le nez carré, les moustaches blondes tirant sur le roux, les oreilles écartées de la tête, enfin un gaillard de huit pouces, solide comme un chêne, passa devant la fenêtre, tenant une petite baguette de noisetier, avec quelques feuilles au bout, qu'il balançait agréablement, et suivi du tonnelier Gross, les mains dans les poches sous son tablier.

Deux secondes après, la porte s'ouvrit, et cet homme, sans entrer, se pencha du dehors dans la salle, en regardant à droite et à gauche ; puis il monta les trois marches, la main ouverte près de son oreille droite, et dit :

– Pour vous rendre mes devoirs !

Tous les jeunes gens criaient :

– Yéri ! Hé ! Yéri ! par ici !... un verre !

Lui riait d'un air de bonne humeur, suivant les tables, donnant des poignées de main et frappant doucement sur l'épaule des vieux qui pleuraient, en leur disant :

– Hé ! père Frantz... père Jacob... allons donc... du courage, que diable ! Il reviendra ; je suis bien revenu, moi !

À quoi les vieux hochaient la tête sans répondre, ou, se cachant la figure dans leurs mains crevassées, murmuraient d'une voix sanglotante :

– Laisse-moi tranquille, Yéri ; laisse-moi tranquille.

On voyait tout de même que ce Yéri-Hans était un bon garçon, je ne peux pas dire le contraire ; mais voilà justement ce qui m'ennuyait le plus ; j'aurais voulu pouvoir penser que c'était un gueux, et que Margrédel, en le voyant, le trouverait abominable.

L'oncle Conrad faisait semblant de rêver. Il sortit sa pipe et la bourra tranquillement, puis, au lieu de l'allumer, il la remit dans sa poche et me dit :

– Kasper, il fait beau temps aujourd'hui.

– Oui, mon oncle, très beau temps.

– Le raisin va profiter jusqu'à la fin du mois.

– Ça, c'est sûr ; tous les jours il profite.

– Nous ferons au moins cent mesures cette année.

– C'est bien possible, oncle Conrad, et du bon.

– Oui, Kasper ; il vaudra celui de 1822 : c'était un bon petit vin tendre, et qui s'est vendu jusqu'à trente-cinq francs la mesure trois ans après.

Pendant que l'oncle disait ces choses, il avait l'air de regarder le forgeron Martine, en face de l'auberge, qui ferrait un cheval, le sabot sur son tablier. Moi, j'aurais voulu faire comme lui, mais je regardais toujours Yéri-Hans, qui, de son côté, ne paraissait pas nous voir. Finalement Gross lui toucha l'épaule, ce que je remarquai très bien, mais il ne se retourna pas tout de suite ; il dit encore quelques paroles en riant à une jeune fille qui le regardait de bon cœur, puis, se balançant d'un air content de lui-même, il tourna doucement sur ses talons et regarda de notre côté.

L'oncle Conrad, l'oreille dans la main et le coude sur la table, lui montrait le dos ; mais, au bout d'une minute, ayant repris son verre pour le boire, il se retourna vers la salle, et Yéri-Hans fit semblant de le reconnaître :

– Eh ! je ne me trompe pas, s'écria-t-il, c'est M. Stavolo, d'Eckerswir.

Il s'approcha la main à sa casquette ; et l'oncle, toujours assis, le nez en l'air, lui répondit, faisant l'étonné :

– C'est vrai que je suis Stavolo, d'Eckerswir, mais votre figure ne me revient pas.

– Comment ! vous ne reconnaissez pas le petit Yéri-Hans, le fils du père Yéri ? dit l'autre.

– Ah ! c'est toi, Yéri ? dit l'oncle en riant un peu ; tiens, tiens, te voilà donc revenu du régiment ! eh bien ça me fait plaisir.

– Oui, monsieur Stavolo, il y aura demain douze jours que je suis de retour au pays, dit le canonnier. Vous avez peut-être entendu parler de moi ?

– Mon Dieu, non, fit l'oncle, à trois lieues les uns des autres, on ne reçoit pas de nouvelles du jour au lendemain ; je te croyais encore en Afrique.

Alors Yéri-Hans ne sut plus que dire ; un instant il regarda de mon côté du coin de l'œil, et d'un ton de bonne humeur :

– C'est que, fit-il, voyez-vous, père Stavolo, on s'est un peu travaillé les côtes à la fête, et, ma foi, je pensais... hé ! hé ! hé !... que le bûcheron Diemer, le charbonnier Polak et trois ou quatre autres de vos anciennes connaissances auraient pu vous donner de mes nouvelles.

– Quelles nouvelles ?

– Hé ! je les ai mis sous la table.

– Ah ! ah ! fit l'oncle, tu es donc le fort des forts, Yéri ? Tu as rapporté des tours de la guerre ?... Diable... diable... oh ! oh !... c'est que maintenant on n'osera plus te regarder de travers, te voilà comme qui dirait à la cime de la gloire !

Il disait ces choses d'un air tellement drôle, qu'on ne savait pas trop si c'était sérieux. Plusieurs même, le long des tables, tournaient la tête pour cacher leur envie de rire.

Le canonnier, malgré sa peau brune, devint tout rouge, et seulement au bout d'une minute, il répondit :

– Oui... c'est comme cela, monsieur Stavolo ; je les ai mis sur le dos, et s'il plaît à Dieu, ce ne seront pas les derniers.

Alors les joues de l'oncle tremblèrent, et, comme il allait répondre, Yéri-Hans lui dit :

– Faites excuse, mon verre est là.

– Ne te gêne pas, répondit l'oncle d'un ton sec.

Yéri-Hans alla s'asseoir en face de nous à l'autre table, parmi trois ou quatre de ses camarades qui lui gardaient un verre.

– À votre santé, monsieur Stavolo, s'écria-t-il en clignant les yeux.

– À la tienne, Yéri-Hans, répondit l'oncle.

Ils continuèrent à se parler ainsi d'une table à l'autre, en élevant la voix. Toute la salle écoutait ; moi, j'aurais bien voulu m'en aller ; je me repentais d'être venu là. L'oncle, lui, semblait être plus jeune de vingt ans, tant il relevait la tête, tant ses yeux gris étincelaient, mais il conservait son calme ; seulement son grand nez en bec d'aigle se recourbait plus fièrement, et ses cheveux gris semblaient se dresser autour de ses oreilles.

– Ainsi, monsieur Stavolo, s'écria le canonnier en riant, vous n'avez pas entendu parler de la fête ? C'est étonnant !

– Pourquoi ?

– Mais vous, un ancien, qu'on disait si terrible dans la bataille, il me semble que l'âge n'a pu refroidir tout à fait votre sang, et que ces choses-là devraient vous toucher ; cela devrait vous réveiller, comme on voit les vieux chevaux de cavalerie hennir et dresser l'oreille quand on sonne la charge. Après ça... La vieillesse... La vieillesse !

L'oncle était devenu tout pâle, mais il voulut encore se contenir et répondit :

– Les chevaux sont des bêtes, Yéri-Hans ; l'homme avec l'âge apprend la raison. Tu ne sais pas encore cela, mon garçon, tu l'apprendras plus tard. C'est bon pour la jeunesse de se battre à tort et à travers. Les hommes d'âge, comme moi, se montrent rarement, mais quand ils se montrent, les autres voient que le vieux sang est comme le vieux vin : il ne pétille plus, mais il réchauffe.

En parlant, l'oncle Conrad avait quelque chose de beau, et j'entendis dans toute la salle les vieux se dire entre eux :

– Voilà ce qui s'appelle parler.

Le grand canonnier lui-même, un instant, regarda l'oncle d'un air de respect, puis il dit :

– C'est égal, j'aurais voulu vous voir à la fête, monsieur Stavolo. Puisque vous ne luttez plus, vous auriez jugé des coups.

– Tout cela, dit l'oncle, c'est pour faire entendre que je suis vieux, n'est-ce pas ? que je ne suis plus bon qu'à me tenir dans le cercle et à crier comme les femmes : « Ah ! Seigneur Dieu... ils vont se faire du mal... séparez-les ! » Eh bien, tu te trompes ; regarde-moi bien en face, Yéri, quand j'arriverai, ce sera pour te montrer ton maître.

– Oh ! oh !

– Oui, mon garçon, ton maître ; car c'est aussi trop fort d'entendre un homme se glorifier hautement ; mais aujourd'hui je suis venu pour acheter des petits cochons chez la mère Kobus.

– Des petits cochons ! s'écria Yéri-Hans en poussant un éclat de rire.

Alors l'oncle se leva tout pâle en criant d'une voix terrible :

– Oui, des petits cochons, braillard ! Mais je ne me laisserai pas marcher sur le pied, tout vieux que je suis. Lève-toi donc, lève-toi, puisque tu n'es venu que pour ça, puisque tu me défies !

Et d'un ton plus grave, regardant toute la salle :

– Est-ce qu'un homme de mon âge, par vanité, par amour de la bataille, ou autre chose sotte pareille, serait arrivé tout exprès à Kirschberg ? Non, ce n'est pas possible ; il n'y a qu'un fou capable de pareille chose. J'étais venu pour mes affaires ; mon neveu peut le dire. Mais, vous l'avez vu, ce jeune homme se moque de mes cheveux gris. Eh bien ! qu'il vienne, qu'il essaye de me renverser !

– Ceci vaut mieux que des paroles, s'écria Yéri-Hans ; moi je suis pour ceux qui s'avancent hardiment, et je laisse les femmes parler ensuite.

Il sortit de sa place, et déjà tout le monde rangeait les bancs et les tables aux murs en disant :

– Ce sera cette fois une véritable bataille, une terrible bataille ; le père Stavolo est encore fort ; Yéri-Hans aura de la peine.

L'oncle Conrad et Yéri, seuls au milieu de la salle, attendaient que tout fût en ordre. Madame Diederich et les servantes s'étaient sauvées dans la cuisine ; on les voyait, dans l'ombre regarder les unes par-dessus les autres.

Moi, je ne savais plus que penser ; je me tenais debout dans un coin de la fenêtre, regardant le canonnier, qui me paraissait alors plus grand et plus fort qu'auparavant. Et je me disais en moi-même qu'il avait une figure de lion, avec ses moustaches blondes, d'un lion joyeux, qui est sûr d'avance de tout renverser, de tout avaler : cela me faisait frémir. Ensuite, regardant l'oncle Conrad, large, trapu, carré, le dos rond, les bras gros comme des jambes, le nez en forme de crampon, et ses cheveux plats descendant sur le front jusqu'aux sourcils, cela me rendait un peu de confiance, et je croyais qu'il finirait tout de même par être le plus fort. Mais, en même temps, je sentais froid le long du dos ; et tout le bruit de ces tables qu'on reculait, de ces bancs qu'on traînait, me tombait en quelque sorte dans les jambes. Je regardais à droite et à gauche pour m'asseoir, il n'y avait plus de chaises ; toute la grande salle était débarrassée, et les gens, debout sur les tables, la tête près du plafond, attendaient. Yéri-Hans ouvrit son habit et remit sa casquette à quelqu'un pour la tenir.

– Attrape, Kasper ! me cria l'oncle en me jetant son feutre, qui tomba à terre.

Cela me parut de mauvais augure, mais, lui, n'y prit pas garde ; et retroussant les manches de sa veste, comme lorsqu'il travaillait à la vigne :

– Qu'on n'aille pas me soutenir plus tard, dit-il encore, que j'ai provoqué ce jeune homme ; c'est Yéri qui m'a défié.

– Oui, oui, je prends tout sur moi, s'écria le canonnier en riant.

– Vous l'entendez, dit l'oncle. Eh bien donc, à la grâce de Dieu !

En même temps, il arrondit son dos, la jambe gauche en avant et demanda :

– Y es-tu, Yéri ?

– Oui, monsieur Stavolo.

Et ils se prirent aussitôt au collet de la veste, à la mode des Alsaciens, sans se toucher le corps. Il faut que les collets de leurs habits aient été d'un bon drap, car d'abord l'oncle Conrad enleva Yéri-Hans de terre à la force des poignets, et le tint ainsi un instant comme pour le lancer au mur ; puis ce fut son tour d'être soulevé de la même manière. Tous deux retombèrent d'aplomb. On ne respirait plus dans la salle.

– Tu as de solides poignets, dit l'oncle, je dois le reconnaître, hé ! hé ! hé !

– Et vous aussi, monsieur Stavolo, dit le canonnier.

Presque aussitôt, l'oncle le poussa de toutes ses forces, les bras en avant et la tête en bas, comme un taureau qui veut enfoncer quelque chose avec ses cornes ; il essayait de le lever en même temps, mais Yéri-Hans, penché contre lui, glissa sur ses pieds tout le long de la salle avec un bruit de rabot ; et à peine l'oncle eut-il fini de le pousser que, jetant un cri sauvage : « À mon tour ! » il repoussa l'oncle de la même manière, sans parvenir à le renverser. Et quand il fut au bout, tous deux se levèrent en se regardant le blanc des yeux, et l'on entendit toute la salle reprendre haleine. On voyait les traces de leurs clous sur le plancher. L'oncle Conrad était pâle, le canonnier rouge comme une brique. Ils se lâchèrent un instant, et Yéri-Hans dit d'un ton de colère :

– C'est bon !

– Tu es déjà las ? fit l'oncle.

– Ah ! las... las...

Et, dans le même instant, il reprit l'oncle Conrad au collet, en le secouant, comme pour essayer quelque chose ; l'oncle l'avait aussi repris. Ils s'observèrent ainsi plus d'une minute, en riant d'un rire étrange. Puis, tout à coup, Yéri attira l'oncle avec tant de force, qu'il eut besoin de se pencher en arrière pour résister, et comme il se penchait, l'autre, poussant un cri sourd du fond de sa poitrine, se jeta sur lui brusquement, de sorte que l'oncle Conrad, qui ne s'attendait pas à cela, fut culbuté les deux jambes en l'air et les épaules sur le plancher.

Mille cris de triomphe s'élevèrent alors de toutes les tables, et Yéri-Hans se frotta les mains en se gonflant les joues jusqu'aux oreilles ; il avait eu de la peine, car ses yeux étaient rouges comme du sang.

L'oncle, les lèvres pâles et tremblantes, se releva ; mais il était à peine debout, pour recommencer la bataille avec acharnement, que sa jambe plia, et qu'il dut s'appuyer contre une table pour se soutenir. Il se fit aussitôt un grand silence dans la salle, et Yéri demanda :

– Qu'est-ce que vous avez donc, monsieur Stavolo ? Est-ce que vous avez mal ?

– Va-t'en au diable, mauvais gueux ! cria l'oncle, tu m'as cassé la jambe. Ah ! le bandit, il m'a pris en traître, et voilà que j'ai la jambe cassée !

En entendant cela, je m'écriai :

– Seigneur Dieu ! mon oncle est estropié ; vite un médecin !

Et Yéri-Hans, remettant sa casquette dit :

– J'en suis bien fâché, monsieur Stavolo, oui, bien fâché ; vous avez tort de vous mettre en colère ; je ne l'ai pas fait exprès.

– Ah ! le gueux ! il me casse la jambe avec ses tours, et il ose me soutenir qu'il ne l'a pas fait exprès ! dit l'oncle, qu'on avait fait asseoir, et qui grinçait des dents pendant qu'on lui ôtait le soulier. Tu me répondras de cela, Yéri, tu m'en répondras !

– Oui, monsieur Stavolo, quand vous voudrez, dit Yéri-Hans ; mais vous avez tort de tant crier ; parole d'honneur, cela me fait de la peine.

On voyait qu'il disait la vérité ; mais l'oncle, qui croyait remporter la victoire, ne pouvait comprendre cela.

– Va-t'en ! va-t'en ! disait-il ; de te voir, ça me retourne le sang ! Ah ! le bandit, estropier un homme de mon âge !

Alors Yéri-Hans sortit tout triste, et, comme on avait ôté le soulier et le bas à l'oncle Conrad, Summer, le charcutier de la petite place, s'agenouilla devant la chaise, et se mit à tâter la jambe du haut en bas. Tout le monde en cercle regardait. La colère de l'oncle passait vite ; il bégayait :

– Être boiteux maintenant pour le restant de mes jours, et par la faute de ce bandit ! Ah ! quelle mauvaise idée j'ai eue de venir acheter des petits cochons à Kirschberg !... Ah ! le brigand !... Moi qui buvais là tranquillement sans penser à rien ! Encore si ce n'était pas un tour de régiment qu'il a rapporté d'Afrique, le gueux, pour estropier les gens de bien !

Le vieux Summer, avec son bonnet de coton et son tablier blanc, tâtait toujours, et finalement il dit :

– Des os cassés, je n'en trouve pas, mais une grosse entorse.

– Une entorse ? fit l'oncle.

– Oui, c'est encore pire qu'un os cassé, monsieur Stavolo. Il faut bien vite mettre le pied dans un baquet d'eau froide ; car, voyez-vous, si l'on tardait longtemps, on pourrait être forcé de couper la jambe.

L'oncle alors me regarda, tellement pâle, que je sentis les larmes me remplir les yeux ; il voulut parler, mais il ne put dire que deux mots :

– De l'eau, Kasper ! de l'eau, bien vite !

Je courus dans la cuisine, où la servante Zeffen était en train de pomper un baquet d'eau ; c'est moi-même qui l'apportai dans la salle, et l'oncle y mit le pied en grelottant ; c'était de l'eau de roche, froide comme la glace.

Mme Diederich dit alors :

– Vous ne sauriez croire, monsieur Stavolo, combien je suis désolée qu'un pareil malheur se soit passé dans mon auberge.

– Et moi encore plus ! cria l'oncle vraiment fâché.

– Vous coucherez ici ?

– Moi, coucher à Kirschberg ? Jamais ! Je ne resterai pas ici plus d'un quart d'heure. On ne me reverra plus dans ce gueux de pays. Dieu me préserve de venir jamais acheter de petits cochons dans un pays pareil.

Tous les gens de l'auberge s'en allaient l'un après l'autre répandre la grande nouvelle ; au bout d'un quart d'heure, il n'y avait plus dans la salle que l'oncle Conrad, Summer, les servantes et moi, car Mme Diederich était aussi sortie pour dire au domestique d'atteler.

– Monsieur Stavolo, vous feriez bien de rester, dit Summer ; il serait dangereux de vous mettre en route.

– Cela m'est égal, dit l'oncle ; j'ai ce pays en horreur.

– Vous êtes décidé !

– Oui.

– Eh bien ! nous pouvons sortir la jambe du baquet et mettre du linge mouillé autour, cela fera le même effet jusqu'à votre arrivée là-bas.

Il regarda la jambe et dit encore :

– C'est une grosse entorse.

Puis il l'entoura de linges, que madame Diederich venait d'apporter. Il versa de l'eau dessus, et l'on transporta l'oncle, dans un fauteuil, jusqu'à la voiture. On le mit derrière, la jambe sur une botte de paille, et c'est moi qui pris le fouet.

Tout le village était aux fenêtres pour nous voir passer. Mme Diederich ne parla pas de sa note, et le père Summer cria :

– J'irai vous voir un de ces quatre matins, monsieur Stavolo ; savoir de vos nouvelles.

– C'est bon, c'est bon ! fit l'oncle en claquant des dents, car il avait froid. Dépêche-toi, Kasper.

Nous partîmes à travers le village au grand galop ; l'oncle était honteux de voir tant de monde sur les portes et criait :

– Comme les gens sont bêtes à Kirschberg ; on dirait qu'ils n'ont jamais vu d'entorse !... Cela peut arriver au premier venu de glisser.

Enfin, quand nous fûmes dehors, sur la grande route, il se calma d'un coup et ne dit plus rien. La colère de sa défaite le rendait comme sauvage. Moi, je fouettais les chevaux, et je me disais que dans ces malheurs il y avait encore quelque chose de bon, puisque Margrédel allait maudire Yéri-Hans, et que l'oncle entrerait dans des fureurs terribles chaque fois qu'on lui parlerait de cet homme.

C'est au milieu de ces pensées que nous arrivâmes à Eckerswir, vers trois heures du soir. L'oncle regardait à droite et à gauche d'un air inquiet, craignant la rencontre du père Brême, de Mériâne ou de tout autre de ceux que nous voyions le soir à l'auberge des « Trois-Roses », et qui n'auraient pas manqué de nous saluer, ou même de nous arrêter pour s'informer de notre voyage, surtout en voyant l'oncle Conrad assis derrière la voiture et moi sur le devant. Heureusement, rien de tout cela n'eut lieu ; nous arrivâmes près de la maison au petit trot, sans avoir fait de pareilles rencontres. Mais à peine étions-nous arrêtés, que Margrédel regarda par une des fenêtres de la salle, et parut tout étonnée de nous voir déjà de retour. Puis, voyant l'oncle Conrad la jambe en l'air, elle quitta son ouvrage et courut sur l'escalier en criant :

– Qu'est-ce qui se passe ? qu'est-ce que tu as, mon père ?

– Rien, Margrédel, répondit l'oncle ; ce n'est rien, j'ai glissé.

– Glissé ! où donc, mon Dieu ?

– Dans l'auberge du « Cruchon d'or », et ça m'a fait une petite entorse, voilà tout.

Margrédel voyait bien à notre mine que c'était plus grave qu'il ne disait ; aussi, sans écouter davantage, se mit-elle à crier :

– Orchel ! Orchel ! vite, vite, cours chercher M. Lehmann !

Elle descendit de l'escalier et grimpa sur la voiture, en disant d'une voix si tendre :

– Mon pauvre père ! mon pauvre père ! et en l'embrassant tellement, que j'aurais souhaité d'être à sa place avec son entorse.

Lui paraissait attendri :

– Ce n'est rien... ce n'est pas dangereux, Margrédel, faisait-il ; seulement je ne peux pas descendre tout seul ; il faut chercher le vieux Rœmer et le grand Hirsch pour m'aider.

Déjà plusieurs voisines étaient sorties de leurs baraques aux cris de Margrédel. On prit l'oncle sous les bras et sous les jambes, et on le porta de la sorte, la tête en bas, jusqu'au haut de l'escalier.

Margrédel pleurait à chaudes larmes. Orchel était partie, et l'oncle se trouvait étendu sur le lit depuis quelques minutes, les fenêtres ouvertes, et la moitié des commères autour de lui, parlant toutes à la fois, disant que le blanc d'œuf, les oignons hachés avec du persil, de l'huile de noix avec du poivre étaient tout ce qu'il y avait de mieux pour les entorses ; et l'on ne savait quoi choisir parmi toutes ces choses, lorsque le Dr Lehmann entra, disant :

– Qu'on commence d'abord par évacuer la chambre ; je n'aime pas à entendre toutes ces pies bavarder autour de moi.

Puis s'approchant de l'oncle Conrad, qui le regardait les yeux écarquillés :

– Eh bien ! monsieur Stavolo, fit-il en lui serrant la main, que diable avons-nous ?

– J'ai glissé, dit l'oncle, j'ai glissé dans la salle de l'auberge du « Cruchon d'or », à Kirschberg, et cela m'a dérangé le pied.

– Voyons. Venez ici, Kasper, et que Mlle Margrédel nous fasse le plaisir d'aller voir ce qui se passe dans la chambre voisine, dit Lehmann.

Après quoi il se mit à défaire les linges de la jambe, regarda et dit :

– C'est bel et bien une bonne entorse. Comment diable, père Stavolo, vous, un homme si solide, avez-vous pu, dans une salle, sur un plancher, attraper une entorse pareille, d'avant en arrière, car vous avez glissé brusquement d'avant en arrière, cela se voit ; il n'y avait donc rien pour vous retenir ?

– Cela s'est fait, dit l'oncle après avoir ruminé quelques secondes, par un coup de traître.

Le Dr Lehmann se redressa de toute sa hauteur en disant :

– Comment ! un coup de traître ?

– Oui, monsieur Lehmann, c'est la pure vérité ; Kasper est là pour le dire.

Alors il raconta comment nous étions partis le matin, avec l'idée d'acheter des petits cochons à Kirschberg, chez la mère Kobus ; comment Yéri-Hans l'avait attaqué par surprise dans la salle du « Cruchon d'or », et comment il avait glissé sur un noyau de prune ; ce qui sans doute était cause de son entorse.

– Ah ! bon, bon, maintenant je comprends, dit le docteur en riant un peu ; nous avons voulu essayer nos forces, père Stavolo, cela ne réussit pas toujours, vous avez eu le dessus assez longtemps, et...

– Non, non, cria l'oncle tout honteux, Kasper est là pour dire que Yéri-Hans m'a pris en traître, et que sans le noyau... N'est-ce pas, Kasper ?

Je n'avais rien vu de ces choses ; mais l'oncle Conrad me paraissait bien assez malheureux avec son entorse, sans aller le contredire encore.

– C'est clair comme le jour, lui dis-je ; le canonnier vous a d'abord attiré pour vous tendre la jambe, ensuite il vous a poussé en arrière, et vous avez glissé sur le noyau.

– Oui, il m'a tendu la jambe... c'est un bandit ! Mais si le noyau n'avait pas été là !...

– Enfin, n'importe ! L'entorse est forte, dit Lehmann, elle pourra vous tenir six semaines sur le flanc, si vous commettez la moindre imprudence. Vous avez bien fait de mettre le pied dans l'eau froide, seulement le bandage ne vaut rien.

Alors il lia le pied de l'oncle Conrad tellement bien qu'il aurait pu marcher ; mais il lui recommanda de ne pas bouger et de mouiller le linge le plus souvent possible. Cela fait, le docteur sortit comme il était venu, disant qu'il reviendrait le lendemain.

L'oncle Stavolo était consterné de voir que Lehmann avait découvert la vérité d'abord. C'est pourquoi, quand nous fûmes seuls, il me dit :

– Ces médecins ne valent pas la corde pour les pendre ; on a beau leur dire la vérité cent fois, ils ne croient à rien. Puisque c'est comme cela, je ne dirai plus rien du tout ; quand on me demandera comment la chose s'est passée, je répondrai : « Demandez à Kasper, il sait bien que c'est par un coup de traître qu'on m'a renversé ; il a tout vu, le crochet dans mes jambes et le noyau ! » Mais il ne convient pas que je le dise moi-même, car j'aurais l'air de vouloir m'excuser, de me défendre avec la langue ; cela ne peut pas aller. Kasper, tu diras la pure vérité, comme tu l'as dite à Lehmann, voilà ! Et maintenant laisse-moi tranquille, toutes ces choses m'ont chagriné, j'ai sommeil.

Je sortis de la chambre, et trouvant Margrédel qui pleurait près de la fenêtre, sa jolie figure dans les mains, je lui dis que Yéri-Hans était cause de tout ; qu'il avait attaqué son père, qu'il l'avait défié, et finalement renversé par un coup de traître.

Elle ne répondait pas et sanglotait toujours.

Au souper, elle prit son assiette et alla se mettre près de son père, pour le veiller ; et moi je soupai seul, pensant que Margrédel ne se fâchait pas assez contre Yéri-Hans, et qu'à sa place je l'aurais maudit mille et mille fois.

VII

Le bruit de ces événements s'étant répandu dans le pays, la réputation de l'oncle Conrad en fut singulièrement diminuée. On ne parlait plus que de Yéri-Hans ; on célébrait sa force extraordinaire, on disait que tous les autres n'étaient rien auprès de lui.

Vers la même époque, l'oncle Conrad se mit à faire des réflexions profondes sur la vanité des choses humaines. Il rêvait du matin au soir, et souvent, quand j'étais assis près de son lit, il commençait à dire :

– Kasper, plus j'y pense et plus je vois que les hommes sont des fous de s'échiner comme ils font. Qu'est-ce que la gloire ? Je te le demande un peu. Je me rappelle que le vieux curé Jéronimus criait toujours : « La gloire, c'est la fumée de la fumée ! » Tant que vous êtes fort, vous avez de la gloire, parce que les autres ont peur de vous, parce qu'ils vous en veulent sans oser le dire ; mais quand vous devenez vieux, ou qu'il vous arrive de glisser sur un noyau, par hasard, la gloire s'en va. Et pour l'argent, c'est la même chose : à quoi sert d'avoir du bien, quand on ne peut plus en profiter ? Moi, par exemple, Kasper, à quoi me sert d'avoir quinze arpents de vignes, puisque je ne peux plus aller les voir ? À quoi me sert d'avoir du vieux vin dans ma cave, puisque Lehmann me défend d'en boire, de peur d'enflammer mon entorse ? À quoi me sert tout ce que j'ai maintenant ? J'aimerais autant n'en avoir que la moitié et pouvoir en jouir ! Pour le reste, on en peut dire autant, car autrefois j'avais une bonne femme que j'aimais, et j'aurais eu du bonheur de vivre avec elle jusque dans mes vieux jours ; tous mes biens m'auraient fait cent fois plus de plaisir, si j'avais pu les avoir avec Christine ; mais c'est du temps perdu quand on parle d'elle, puisqu'elle est morte ! Sait-on seulement bien si elle pense à nous, si elle voit ce qui se passe à Eckerswir ? Je le crois, mais je n'en suis pas sûr. Et ma fille Margrédel ? je l'ai élevée, je l'ai fait danser sur mes genoux, je l'ai vue grandir, et c'était mon bonheur. Eh bien ! voilà qu'elle a vingt et un ans ; supposons que tu ne sois pas là, Kasper, un autre viendrait, il trouverait Margrédel belle, et il faudrait encore que je donne de l'argent pour qu'il la prenne en mariage. N'est-ce pas abominable cela, d'élever sa fille pour des gaillards qu'on ne connaît ni d'Ève ni d'Adam, et qui croient encore vous faire beaucoup d'honneur en se laissant graisser la patte ? Je soutiens, moi, que tout n'est rien, et que sans notre sainte religion, qui nous promet la vie éternelle, il vaudrait bien mieux n'être pas venu dans ce monde !

Ainsi parlait l'oncle à cause de son entorse ; on n'avait jamais vu d'homme plus raisonnable, et je lui disais :

– Vous avez raison, mon oncle ; seulement il faut faire comme tout le monde, et se marier, puisque c'est la mode en Alsace. Quand vous serez guéri, vous penserez autrement ; vous irez voir vos vignes, vous boirez du vieux « kutterlé ». Et moi, vous me connaissez, si j'ai le bonheur de plaire à Margrédel, nous resterons tous ensemble et nous serons heureux.

L'oncle ne voulait plus voir personne du dehors ; le vieux Brêmer, le père Mériâne et plusieurs autres s'étant présentés, il avait défendu de les laisser entrer.

Ce qui le fâchait surtout, c'était d'entendre parler de Yéri-Hans ; chaque fois qu'on prononçait son nom, il changeait de couleur et bégayait :

– Ah ! le gueux... si je le rencontre jamais au détour d'un chemin !

Margrédel ayant un jour voulu dire quelques paroles en faveur du canonnier, sous prétexte qu'il n'était pas cause de l'entorse, mais le noyau, il devint tout pâle et dit d'une voix sourde :

– Tais-toi, Margrédel, tais-toi ; si tu veux m'achever tu n'as qu'à soutenir ce brigand.

Je reconnus alors que Margrédel aimait Yéri-Hans, et je bénis le Seigneur de tout ce qui s'était accompli me disant en moi-même :

« C'est le bon Dieu qui, dans sa sagesse, a fait ces choses, afin que l'oncle Conrad et le grand canonnier fussent ennemis l'un de l'autre ! »

Et pendant que l'oncle trouvait que tout allait mal, je trouvais, moi, que tout allait bien.

Margrédel était triste, elle ne chantait plus à la cuisine, elle ne riait plus à table ; elle rêvait les yeux abattus.

« Ah ! me disais-je en la regardant aller et venir tout inquiète, maintenant je sais pourquoi la bohémienne est venue à la maison ; je sais pourquoi tu rougissais, Margrédel, le jour où je te demandais : « Qu'est-ce que cette vieille est venue faire ici ? » Je sais pourquoi tu te rappelais si bien ce grand blond qui t'avait fait danser autrefois à Kirschberg ; je sais pourquoi tu t'attristes. Mais tout cela, Margrédel, ne sert à rien ; Yéri-Hans ne viendra jamais dans la maison du père Conrad Stavolo ; non, non, c'est fini, Margrédel, il faut penser à quelque autre brave garçon qui t'aime bien ; ce grand canonnier est un gueux, pourquoi t'obstiner ? »

Je la plaignais intérieurement, et j'étais content tout de même ; je me disais :

« Quand Margrédel se sera bien attristée de la sorte, elle oubliera l'autre, et je serai là pour la consoler. Nous nous marierons et tout sera très bien. Même un jour, dans cinq, six ou dix ans, quand nous aurons des petits enfants, et qu'elle sera tranquillement assise un soir au coin du feu, je lui demanderai tout à coup : « Hé ! Margrédel, est-ce que, dans le temps, tu n'as pas eu des idées pour Yéri-Hans, de Kirschberg ? Dis-le hardiment ; tu n'as pas besoin de te cacher. » Alors elle rougira et finira par répondre : « Comment peux-tu croire ces choses, Kasper ? Jamais, jamais une idée pareille n'est entrée dans ma tête. »

Et, me figurant cela, j'en avais les larmes aux yeux ; je bénissais le Seigneur d'avoir inspiré l'idée de la bataille à l'oncle Conrad, pour avancer mon mariage avec Margrédel.

Cela dura trois semaines. De temps en temps, l'oncle m'envoyait dehors voir si le raisin mûrissait ; je lui rapportais quelques grappes qu'il goûtait ; mais il aurait voulu sortir, visiter la côte lui-même, préparer ses tonnes, retenir ses gens pour les vendanges. On ne saurait s'imaginer sa désolation d'être étendu là sans pouvoir bouger, et toutes les paroles qu'il inventait pour maudire celui qui l'avait mis dans cet état.

Le Dr Lehmann, avec sa longue casaque de velours jaune clair et son bonnet gris à visière relevée, les bras fourrés jusqu'aux coudes dans ses poches, et ses demi-bottes de cuir roux au bout de ses longues jambes en échasses, venait le voir chaque matin.

– Cela va bien, disait-il après avoir levé le bandage. Encore un peu de patience, père Stavolo, votre pied se fortifie, l'enflure disparaît ; dans quelques jours, vous pourrez sortir avec un bâton.

– Dans quelques jours ! criait l'oncle ; ça ne finira donc jamais ?

– Eh ! que voulez-vous ? pour les entorses, il faut de la patience. Je sais bien que c'est ennuyeux de rester étendu sur le dos, à rêver qu'il fait beau temps, que la vigne avance, que le raisin mûrit, qu'il faudra soufrer les tonnes, dresser le chantier, nettoyer la cave et graisser le pressoir ; je sais tout cela, mais qu'y faire ? Vous avez encore de la chance, maître Conrad.

– Comment, de la chance ?

– Sans doute ; la même chose aurait pu vous arriver en pleines vendanges ; il aurait fallu laisser à d'autres le soin de tout ; et puis l'entorse aurait pu être plus forte. Enfin tout va bien ; seulement du calme, maître Stavolo.

Alors, passant la main sur sa longue barbe fauve en pointe, et souriant en lui-même, il entrait dans la grande salle et s'arrêtait toujours une minute à causer avec Margrédel, qui cousait près de la fenêtre.

– Eh bien ! eh bien ! Margrédel, on est toujours fraîche et jolie comme un bouton de rose, hé ! hé ! hé !

– Oh ! monsieur Lehmann, vous dites toujours de belles choses aux gens.

– Non pas, non pas ; je dis la vérité, je dis ce que je pense. Kasper n'est pas malheureux ; je voudrais bien être à sa place.

Margrédel rougissait, et lui, riant, sortait en me serrant la main.

Voilà comment les choses se passaient.

L'oncle Conrad n'y tenait plus, quand un beau matin le docteur, après avoir vu le pied, dit :

– Cette fois, monsieur Stavolo, tout est en ordre. Vous pouvez vous lever et marcher avec un bâton.

La figure de l'oncle s'éclaircit :

– La jambe est remise ? dit-il.

– Oui, il ne faut plus qu'un peu d'exercice pour fortifier les nerfs.

Puis le docteur, se relevant, se prit à rire et s'écria :

– Seulement, père Stavolo, prenez garde ; vous savez, il y a tant de noyaux dans le monde ! Il ne faut pas mettre le pied de dessus ;

ce serait pire que la première fois.

L'oncle, en entendant parler de noyau, devint tout rouge.

– C'est bon, fit-il, les noyaux ne sont pas toujours pour les mêmes !

– Non, père Stavolo, mais il ne faut pas non plus les chercher, sans cela on les rencontre plus souvent qu'à son tour. Allons, au plaisir de vous revoir le plus rarement possible.

Et sur ce, le docteur sortit en riant, et l'oncle Stavolo, s'asseyant sur son lit, s'écria :

– Ce grand Lehmann m'ennuie avec ses noyaux ; il a l'air de dire que Yéri-Hans m'a renversé sans noyaux ; je ne peux pas souffrir les gens qui se moquent de tout.

– Bah ! dis-je, il vous a remis la jambe en bon état, qu'est-ce que le reste peut vous faire ?

– Oui, mais je ne l'avais pas envoyé chercher pour me parler de noyaux.

Malgré sa mauvaise humeur, l'oncle Conrad se leva, s'habilla, et, sans écouter la recommandation du docteur, il sortit le même jour, dans l'après-midi, pour aller voir ses vignes. Il revint au soir très content et nous dit :

– Tout va bien ; mes deux jambes sont aussi solides l'une que l'autre. Allons, allons, il aurait pu m'arriver pire que d'attraper une entorse. Ne pensons plus à ces choses. La vigne est belle, nous aurons une bonne année, voilà le principal.

J'étais très content de voir l'oncle Conrad entièrement rétabli.

Depuis ce moment jusque huit jours avant les vendanges, vers la Saint-Jérôme, qui se trouve être le patron d'Eckerswir, l'oncle ne parla plus de Yéri-Hans et ne s'occupa que de ses vignes, de ses caves et de son pressoir.

Moi je sortais souvent avec Waldhorn ; je gagnais de l'argent et je disais :

– Encore deux cents écus, et j'aurai mes deux arpents de vignes, avec Margrédel.

C'était mon bonheur de rêver à cela. Tout le long des chemins, en écoutant chanter les alouettes, je ne faisais que penser à mes noces. En revenant de chaque tournée, j'apportais quelque chose à Margrédel : un ruban, des boucles d'oreilles, enfin ce qu'il y avait de plus beau. Elle recevait tout cela d'assez bon cœur, mais plus pourtant avec la même joie que dans les premiers temps. Elle ne souriait plus, elle ne me remerciait plus et semblait dire : « C'est tout simple qu'il m'achète ces choses, puisqu'il veut m'avoir ! »

Cette différence me faisait de la peine, mais je me consolais en songeant que l'oncle Conrad ne pouvait pardonner à Yéri-Hans, et qu'une fois marié avec Margrédel, elle oublierait l'autre et deviendrait une bonne petite femme de ménage.

VIII

Or, cinq ou six jours avant la fête d'Eckerswir, un matin qu'il faisait très chaud, je jouais un air de clarinette dans la grande salle, mon cahier appuyé contre le mur, entre les deux fenêtres ouvertes. L'oncle Conrad fendait du bois dehors, au bas de l'escalier, et j'entendais Margrédel laver des assiettes dans la cuisine. Cela durait depuis environ une demi-heure, lorsque l'oncle entra en manches de chemise et se mit à se promener autour de moi tout rêveur. Et comme j'allais toujours mon train, tout à coup, m'appuyant la main sur l'épaule, il me dit :

– C'est un bel air que tu joues là, Kasper ; mais laisse un peu ta musique, causons ; qu'est-ce que les gens disent de moi dans le village ?

Alors je déposai ma clarinette, et m'étant retourné sur ma chaise :

– Que voulez-vous qu'on dise, mon oncle ? lui répondis-je. Vous savez bien que depuis votre entorse je n'ai pas été aux « Trois-Roses ».

– Bon, fit-il, tout le monde se réjouit de voir que Yéri-Hans a manqué de me casser la jambe.

– Oh ! comment pouvez-vous avoir des idées pareilles ?

– C'est bien, tu ne veux pas me faire de la peine ; mais je me moque de tout le village. D'abord, sans le noyau qui m'a fait glisser, Yéri-Hans en aurait vu des dures. Malgré cela, j'ai eu tort de crier contre lui ; quand on joue et qu'on perd, on paye et on se tait. Enfin, ce noyau m'avait mis en colère ; si Yéri m'avait renversé par sa force, j'aurais trouvé cela tout naturel ; mais d'être tombé par la faute d'un noyau, c'est trop fort, surtout quand on risque de se casser la jambe.

– Sans doute, lui répondis-je. Ce qui est fait est fait, n'en parlons plus.

– Non, il ne faut plus en parler, Kasper ; mais les choses ne peuvent pas en rester là.

Je vis aussitôt qu'il ruminait d'avoir sa revanche ; et le retour de Yéri-Hans, la joie de Margrédel, tout me passa devant les yeux comme un éclair.

– Qu'est-ce que cela vous fait, mon oncle, de passer pour l'homme le plus fort du pays ? m'écriai-je. Qu'est-ce que cela vous rapporte ? Pas un liard ; au contraire, les gens vous en veulent ; ils voudraient vous voir les os cassés ; ils ne vous plaignent pas quand il vous arrive malheur, ils disent que c'est bien fait !

– Ah ! ils disent cela, répondit l'oncle Conrad ; voilà justement ce que je voulais savoir. Maintenant, grâce au ciel, ma jambe est remise ; il faut que je revoie le grand canonnier.

– Comment, vous, un homme si raisonnable !

– Raisonnable tant que tu voudras, Kasper. Est-ce qu'on est raisonnable parce qu'on garde les coups sans les rendre ? Non, tout cela c'est bon pour un joueur de clarinette, mais ça ne me convient pas. Lève-toi, neveu ; viens ici que je te montre quelque chose.

Il me prit par un bouton de ma veste et me conduisit au milieu de la salle en disant :

– Voici la fête d'Eckerswir qui vient dans cinq jours. Je n'aime pas à me battre dans une salle d'auberge remplie de noyaux, de morceaux de pain, de fromage et autres choses glissantes. Eh bien ! on ne peut pas souhaiter de meilleure occasion pour lutter à bras-le-corps sur la place ; et c'est ce que je ferai. J'ai découvert un moyen de mettre ce canonnier sur le dos. Tiens, Kasper, empoigne-moi solidement, je vais te montrer cela ; y es-tu ?

– Oui.

– Tu me tiens bien ?

– Oui, mon oncle.

– Eh bien, regarde !

En même temps, il me prit le bras gauche au coude, me passa l'épaule au-dessous, et sans savoir comment cela se faisait, je sentis mes jambes tourner en l'air, et je tombai tout à plat de mon haut, croyant avoir les reins cassés. Cela m'étonna tellement, que je restai plus d'une demi-minute bouche béante, sans pouvoir rien dire ni reprendre haleine.

– Eh bien ! criait l'oncle tout glorieux, as-tu vu, neveu ?

– Oui, j'ai vu, lui dis-je en me levant, c'est très bon... mais vous auriez pu m'expliquer cela d'une autre manière.

– Tu n'aurais pas aussi bien compris, Kasper, fit-il. Voilà comment je vais m'y prendre avec Yéri-Hans ; seulement, il faudrait l'attirer ici, et ce ne sera pas facile. Tu retourneras toi-même à Kirschberg l'inviter, de ma part, à dîner chez nous le dimanche de la fête.

– Oh ! pour ça, non ! m'écriai-je vraiment indigné ; je ne vous ai jamais contrarié, j'ai toujours fait ce que vous avez voulu ; mais amener moi-même Yéri-Hans ici, jamais ! jamais !

– Allons, allons, calme-toi, Kasper, j'enverrai Nickel, dit l'oncle.

Et comme je voulais répondre, il ajouta :

– Tout ce que tu pourrais dire ou rien du tout, ce serait la même chose. Il faut que Yéri-Hans vienne, il faut que je le voie les jambes en l'air, comme il m'a vu.

Dans cette extrémité, je compris qu'il ne me restait qu'une ressource pour éloigner de plus grands malheurs.

– Oncle Conrad, lui dis-je, vous avez tort. Consultons Margrédel, vous verrez qu'elle pense comme moi.

Et sans attendre de réponse :

– Margrédel ! m'écriai-je en ouvrant la porte de la cuisine, écoute ; sais-tu que ton père veut encore se battre avec Yéri-Hans, qu'il veut l'attirer ici pour l'exterminer ?

Je croyais naturellement qu'elle allait crier en levant les mains au ciel, et supplier son père de rester tranquille, car plus elle aimait Yéri et l'oncle Conrad, plus elle devait les empêcher de se battre ; mais allez donc vous fier aux femmes ! Margrédel, pour la finesse de l'oreille n'avait pas sa pareille, et je crois qu'elle était derrière la porte ; car, étant entrée, elle écouta son père tranquillement, le tablier sur les bras, sans s'émouvoir. L'oncle Conrad se mit à lui dire que ce serait la plus grande honte s'il ne renversait pas Yéri-Hans, qu'on mépriserait les Stavolo, qu'il n'oserait plus se montrer aux « Trois-Roses », ni nulle part, etc., etc.

Pendant ce discours, Margrédel regardait à terre, comme une innocente, et lorsqu'il eut fini :

– Tu as raison, mon père, dit-elle doucement, oui, je ne peux pas dire le contraire ; mais Yéri-Hans n'oserait pas venir, car il sait bien que tu as glissé sur un noyau, et n'osera jamais s'empoigner avec toi sur la place ; c'est sûr, tu verras.

– Eh bien ! s'il ne vient pas, s'écria l'oncle, la honte retombera sur lui.

Et se tournant de mon côté :

– Tu vois, Kasper, dit-il d'un air joyeux, tu vois que Margrédel a plus de bon sens que toi ; elle sait bien ce qui convient, elle voit que j'ai raison. Allons, continue ton air de clarinette, moi je vais dire à Nickel de prendre son bâton et de partir tout de suite pour Kirschberg.

Il sortit ; l'innocente Margrédel rentra dans la cuisine, et je restai seul tellement consterné de ces choses, que je pouvais à peine y croire. Durant plusieurs minutes, je me représentai ce Yéri-Hans arrivant tout fier, tout glorieux, le poing sur la hanche, souriant à Margrédel et me regardant du haut de sa grandeur : j'en étais suffoqué, et tout à coup je courus dans la cuisine en criant :

– Mais à quoi penses-tu donc, Margrédel ? mais ce gueux de canonnier va estropier ton père ! Mais c'est abominable, une conduite pareille ! Tu vois bien que ton père est le plus faible, puisque l'autre l'a bousculé comme une mouche, et maintenant tu veux qu'il vienne recommencer ?

Je pleurais presque en disant ces choses ; elle ne s'en émouvait pas du tout et continuait tranquillement à lever le couvercle de ses marmites et à goûter ses sauces ; je voyais aux couleurs de ses joues et dans ses yeux qu'elle éprouvait une grande satisfaction, et cela m'indignait de plus en plus.

– Bah ! fit-elle enfin, tu vois tout en noir, Kasper. Le père a glissé sur un noyau ; cette fois ce sera tout autre chose.

– Glissé sur un noyau ! Il n'y avait pas plus de noyau que dans le creux de ma main ; l'oncle a trouvé cela pour s'excuser auprès du monde ; je ne pouvais pas le contredire. Mais si Yéri-Hans arrive, il en trouvera d'autres de noyaux sur la place, dans les rues et partout !

Au lieu de toucher Margrédel par ces judicieuses observations, je la rendis encore plus obstinée ; elle se mit à essuyer ses assiettes et me répondit d'un air d'indifférence :

– On verra ! Qu'il y ait des noyaux ou non, je tiens pour mon père ; Yéri sera renversé ! Je suis sûre qu'il sera renversé, s'il ose venir, mais il ne viendra pas.

Et comme dans ce moment j'entendais l'oncle revenir, il fallut me taire. Je rentrai dans la salle, je pris mon cahier et ma clarinette sur la table, et je montai dans ma chambre comme un fou, sans savoir ce que je faisais.

Là-haut, je m'assis sur mon vieux bahut, la tête entre les mains, avec une envie de pleurer et de gémir qui me crevait le cœur. Je commençais à comprendre que nos plans pour l'avenir s'en allaient au diable, et cela par la faute de cet oncle Conrad, que j'avais toujours considéré comme un être raisonnable, et qui me paraissait alors, avec son amour de la gloire, le plus insensé des hommes.

C'était le commencement de la fin.

À midi, pendant le dîner, l'oncle ne fit que raconter les bons tours qu'il avait découverts pour remporter la victoire ; Margrédel l'approuvait à chaque parole en penchant la tête et s'extasiant ; elle répétait sans cesse :

– Pourvu qu'il vienne... pourvu qu'il n'ait pas peur de venir... mais il n'osera pas !

Et l'oncle disait d'un ton ferme :

– S'il ne vient pas, tout le pays saura que j'ai glissé sur un noyau.

Moi je pensais : « Dieu du ciel, est-il possible d'être aussi simple à l'âge de cinquante-trois ans ! S'il avait le bonheur de renverser Yéri-Hans, il en mourrait de joie. Et cette Margrédel comme elle mène ce pauvre vieux, en lui faisant croire qu'il est le plus fort ! Voilà comme elle m'aurait mené toute ma vie ! »

Oh ! que cet esprit de ruse me faisait de la peine !

Malgré cela je trouvais Margrédel belle. J'aurais voulu m'en aller, pour ne pas laisser paraître ma désolation ; je voyais dans ses yeux qu'elle devinait toutes mes pensées, mais que, par finesse, elle faisait semblant de croire que Yéri-Hans ne viendrait pas, tandis que la bohémienne, peut-être depuis un mois, lui donnait des nouvelles du canonnier : je voyais cela, j'en étais presque sûr, et il fallait rester.

Ah ! que j'aurais voulu apprendre que le grand Yéri était tombé du haut de sa grange la tête en avant, ou qu'il s'était fait casser les

reins par un plus fort que lui ! Quel n'aurait pas été mon bonheur !
Mais aucune de ces choses n'arriva, et maintenant il faut que je
raconte la fête ; – puisque j'ai commencé, il faut que je finisse.

IX

La réponse de Kirschberg arriva le soir même, vers huit heures. Nous étions à souper, lorsque Nickel entra le bâton à la main, et nous annonça que Yéri-Hans acceptait le dîner de M. Stavolo, qu'il était content de le savoir rétabli de son entorse, et qu'il se ferait un véritable honneur de lutter avec lui sur la place d'Eckerswir, devant tout le monde.

Ces nouvelles remplirent Margrédel de joie, mais elle était bien trop maligne pour le laisser paraître.

– Voyez pourtant, s'écria-t-elle d'un air étonné, Kasper avait raison ! Je n'aurais jamais cru que Yéri-Hans viendrait, non, je ne l'aurais jamais cru.

L'oncle Conrad, dans son enthousiasme, voulut me montrer tout de suite plusieurs nouveaux tours qu'il avait inventés pour abattre le grand canonnier, mais j'en avais bien assez.

– Merci, mon oncle, lui dis-je fort triste, je vous crois sur parole ; montrez ces tours à Yéri-Hans lui-même, moi je n'y connais rien. Tout ce que je souhaite maintenant, c'est qu'il n'y ait pas de noyaux sur la place.

Et disant cela, je sortis de la salle dans une désolation inexprimable.

– Attends donc, Kasper, attends donc ! me criait l'oncle.

Mais je ne tournai seulement pas la tête ; j'aurais voulu tout voir au diable, Yéri-Hans, l'oncle, Margrédel et moi-même ; je songeais à me sauver en Amérique, en Algérie, n'importe où.

Le lendemain commencèrent les préparatifs de la fête ; on se mit à blanchir la grande salle, à récurer les tables, les bancs, à laver les fenêtres, à sabler le plancher. On aurait dit que Yéri-Hans était un prince, tant l'oncle Conrad s'inquiétait de le bien recevoir. Margrédel fit venir Catherina Vogel, la cuisinière du vieux curé Bockes, pour préparer ses « küchlen », ses « kougelhof », ses tartes à la crème et au fromage. La cuisine était en feu de six heures du matin à neuf heures du soir.

Et voyez la ruse des femmes : plus le moment approchait, plus Margrédel me faisait bonne mine, sans doute pour me tenir dans l'incertitude et m'empêcher de prévenir l'oncle de ce qui se passait.

– Hé ! Kasper, qu'as-tu donc d'être si triste ? me disait-elle ; Kasper, ris donc un peu. Allons, allons, je voudrais bien savoir ce qui te chagrine.

Elle riait de si bon cœur, en me montrant ses petites dents blanches, que j'étais forcé de paraître gai, les larmes aux yeux. Quelquefois même je me traitais d'être défiant, je me disais :

« Est-ce que Margrédel serait capable de se contrefaire à ce point, de me regarder d'un air d'amour, si dans le fond elle ne m'aimait pas un peu ? Non, c'est impossible ! C'est mal, Kasper, d'avoir des idées pareilles. »

Et je cherchais toutes les raisons pour me donner tort, pour me faire croire que Margrédel m'aimait, qu'elle ne pensait pas à Yéri-Hans, qu'elle faisait ces choses pour m'éprouver, pour me rendre jaloux ; enfin j'inventais mille explications de sa conduite, pour l'aider à me tromper ; mais toujours, toujours je voyais clair, et je me disais en moi-même : « Pauvre Kasper ! pauvre Kasper ! Tiens, va-t'en, cela vaudra mieux : à quoi sert de t'aveugler ? c'est l'autre qu'elle aime ; c'est parce que l'autre arrive qu'elle chante, qu'elle danse, qu'elle rit et qu'elle prépare toutes ces friandises. Est-ce qu'elle en a jamais fait le quart autant pour moi ? »

Ah ! qu'il est triste de penser ces choses et de n'être sûr de rien ! Si l'on était sûr, on prendrait son sac et l'on partirait ; et plus tard, à la suite des temps, on finirait tout de même par se consoler. Voilà ce que j'ai pensé depuis bien souvent.

Ce qui m'étonnait le plus, c'était la confiance de Margrédel ; car, d'après ce que j'avais eu soin de lui dire au sujet du noyau, elle devait savoir que Yéri-Hans renverserait son père, et qu'alors toutes les invitations, tous les compliments et toutes les marques d'amitié de l'oncle pour le grand canonnier se changeraient en haine et en malédictions. Ceux qui connaissaient le caractère de l'oncle Conrad, son amour extraordinaire de la gloire, et son chagrin d'avoir été renversé, devaient prévoir ces choses, et Margrédel, avec sa finesse, savait bien que si Yéri-Hans remportait encore une fois la victoire, il n'oserait plus mettre les pieds à la maison, et que s'il venait la demander en mariage, l'oncle serait capable de le recevoir à coups de fourche ; c'était très sûr ! Eh bien, Margrédel ne s'en inquiétait pas ; elle était joyeuse : je devinais encore là-dessous quelque ruse abominable ; je soupçonnais la bohémienne d'être revenue, j'avais toutes sortes d'idées pareilles, et je finissais toujours par me dire : « Pourvu que l'oncle soit battu, pourvu que Yéri-Hans le bouscule ; alors tout ira bien ; Margrédel aura beau gémir, elle aura beau s'attrister, pleurer, l'oncle restera ferme comme un roc : rien qu'à voir le canonnier, il entrera dans de grandes fureurs. C'est malheureux qu'il doive encore être battu ; mais c'est ce qu'il y a de mieux pour la satisfaction de tout le monde. »

Et je reprenais confiance dans cette idée ; je riais même un peu quand elle me passait pas la tête. Que voulez-vous ? lorsqu'on tombe, on se raccroche à toutes les branches, et l'on ne réfléchit pas longtemps si c'est bien.

Jusqu'à la veille de la fête, Margrédel me fit bonne mine. Je me rappellerai toujours que ce soir-là, vers six heures, quelques instants avant le souper, comme je rêvais assis contre la boîte de l'horloge, les jambes croisées, écoutant le tic-tac de la pendule et le pétillement du feu de la cuisine, tout à coup Margrédel entra en petite jupe, les bras nus et me fit signe de venir, pour ne pas déranger l'oncle Conrad, qui lisait le « Messager boiteux » au coin de la table, ses bésicles sur son nez et les yeux écarquillés. Je la suivis ; la porte étant refermée, elle me montra d'abord ses tartes et ses beignets rangés en bel ordre sur les planches de l'étagère, et, comme je regardais, elle me conduisit devant une assiette de « küchlen » couverts de sucre fin en disant :

– Kasper, tiens, j'ai préparé cela pour toi, et tu n'es pas content !

– Pour moi, Margrédel ? lui dis-je avec douceur.

– Oui, oui, pour toi, s'écria-t-elle, exprès pour toi ! Pourquoi donc ne crois-tu pas ce que je te dis ?

Alors, ne sachant que répondre, je m'assis au coin de l'âtre, où la mère Catherine allait et venait, en levant les couvercles des marmites, et je me mis à manger ces beignets, tandis que les larmes coulaient malgré moi sur mes joues.

Je pensais : « Elle m'aime encore ! » et je trouvais ses beignets très bons.

Margrédel était sortie pour mettre la nappe ; quand elle rentra, je lui souris, et lui prenant la main :

– Ah ! Margrédel, Margrédel, m'écriai-je, il faut que tu me

pardonnes quelque chose.

– Quoi donc ? fit-elle tout étonnée.

– Non... non... Je ne puis pas te dire cela maintenant... plus tard, plus tard !

Je pensais que j'avais eu tort de croire qu'elle me trompait, et c'est cela qui me faisait lui demander pardon. Elle me regarda ; je ne sais si dans ce moment elle devina ma pensée, mais elle rougit et me dit :

– Entre, Kasper, le souper est servi ; le père t'attend.

– Ah ! que les beignets étaient bons ! m'écriai-je ; je n'ai plus faim.

– Allons ! allons ! nous n'avons pas besoin d'homme ici, dit la mère Catherine en riant.

Et je rentrai me mettre à table avec plus de confiance.

– Waldhorn est au village, me dit aussitôt l'oncle Conrad ; j'ai oublié de te dire qu'il est venu pour te voir cette après-midi, pendant que tu te promenais au Réeberg. Il t'attend ce soir aux « Trois-Pigeons » avec tout l'orchestre. Demain tu gagneras deux écus, Kasper, après-demain, autant, jusqu'au dernier jour de la fête : c'est un bon état d'être joueur de clarinette.

Et riant, il ajouta :

– Les deux arpents avancent, garçon, du courage !

Comme il disait cela, je sentis un grand poids se lever de mon cœur ; il me semblait avoir fait un mauvais rêve.

À peine le souper fini, je courus aux « Trois-Pigeons », où Waldhorn m'attendait : tous les camarades étaient là, leurs trombones et leurs cors de chasse pendus aux murs. On se serra les mains, on but deux ou trois chopes en causant d'affaires. Il fut convenu qu'on irait faire de la musique le lendemain, à tous les grands dîners, de une heure à trois, et qu'après vêpres on jouerait les danses à la « Madame-Hütte », Waldhorn avait déjà cette entreprise.

Je rentrai vers dix heures ; l'oncle Conrad était couché ; Margrédel et Catherine Vogel continuaient leurs préparatifs. En passant, je regardai Margrédel par le châssis de la cuisine, puis je montai dans ma chambre, où, m'étant couché, je dormis jusque vers huit heures du matin, ce qui ne m'était pas arrivé depuis six semaines.

C'est le bruit de la foire, le bourdonnement des trompettes d'enfants, les cris des marchands et des maîtres de jeux qui m'éveillèrent. Je sautai de mon lit tout joyeux, et ayant passé mes pantalons, j'ouvris ma fenêtre. Le temps était magnifique, l'air plein de soleil ; le drapeau flottait sur la « Madame-Hütte » ; les gens se promenaient entre les baraques, autour des poteries étalées sur la place, achetant, marchandant et regardant les étalages ; les joueurs formaient déjà cercle autour des « rampô », et tout le long de la route, à perte de vue, on ne voyait que des charrettes, et ces grandes voitures du pays, à longues échelles, encombrées de tricornes, de gilets rouges, de toques brodées, de petites jupes coquelicot et de jolies figures riantes.

On pense bien qu'en ce jour, sachant que Yéri-Hans allait venir, je n'oubliai pas de me faire la barbe. Huit jours auparavant, en revenant de Münster, j'avais apporté tout exprès une chemise neuve, brodée de rouge au collet et sur le devant, tout ce qu'il est possible de voir de plus beau ; je la mis. Je mis aussi des boucles d'oreilles d'or, une boucle d'argent en cœur sur le devant de ma chemise, mes bretelles brodées, larges comme la main, mon habit vert à boutons de cuivre luisants et mes bottes.

J'étais heureux en me donnant ces soins ; je rêvais à Margrédel ; je pensais qu'elle me trouverait plus beau que le canonnier, et j'en étais attendri. De temps en temps, je m'asseyais pour rêver et pour écouter ce qui se passait en bas. On allait, on venait, on causait dans la grande salle ; à chaque instant la voix forte de l'oncle Conrad s'élevait pour saluer ses convives.

– Hé ! bonjour, monsieur le bourgmestre. Ah ! ah ! ah ! vous me faites plaisir d'arriver. Eh bien, eh bien, un beau temps. – Hé ! madame Seypel, Dieu du ciel, vous rajeunissez tous les jours.

– Oh ! monsieur Stavolo, monsieur Stavolo !

– Mais c'est la pure vérité ; vous me rappelez le bon temps, il y a vingt-cinq ans, madame Seypel, quand je vous faisais danser le « Hopser » de Lutzelstein, hé ! hé ! hé !

Et l'on riait, on s'asseyait, on traînait les chaises sur le plancher ; j'écoutais toujours ; je me regardais dans mon miroir, je brossais mon chapeau, j'avais toujours peur de trouver une tache n'importe où.

Dehors, la fête bourdonnait de plus en plus. J'avais laissé la porte de ma chambre ouverte, et l'odeur des tartes d'anis, des pâtés, des « küchlen » montait l'escalier. Il venait de sonner onze heures, et je m'étonnais que Yéri-Hans ne fût pas encore arrivé. L'oncle, deux ou trois fois, dans l'escalier, avait dit à Margrédel :

– Ce gueux n'arrive pas ! Est-ce qu'il aurait voulu me faire un tour ? S'il n'est pas ici dans un quart d'heure, on se mettra tranquillement à table.

J'entendais à sa voix qu'il se fâchait ; Margrédel ne disait rien. Moi, je riais intérieurement et j'allais descendre, quand tout à coup l'oncle s'écria :

– Le voilà !

J'avais déjà le pied dans le vestibule ; ce cri de l'oncle me produisit un effet étrange, je rentrai dans ma chambre, je me penchai doucement à la fenêtre, et je vis au pied de l'escalier extérieur, devant la maison, Yéri-Hans sur un grand cheval gris pommelé, gras, luisant, la tête en l'air et la queue tourbillonnante. Il avait son magnifique uniforme de canonnier, son schako, les canons de cuivre en croix sur le devant et le panache rouge au-dessus, ce qui lui donnait un air superbe. Figurez-vous cet homme fier, sur son cheval gris qui piaffe et gratte le pavé ; et tout le long de la rampe, les convives de l'oncle Conrad qui s'appuient sur la balustrade pour le saluer : Margrédel, les bras nus, en petite toque de soie bleue et manches de chemise bien blanches, les joues roses et les yeux brillants ; le gros bourgmestre, qui lève son tricorne en arrondissant son ventre comme un bouvreuil ; Mme la conseillère Seypel, qui sourit d'un air agréable, son grand bonnet piqué en forme de matelas sur la nuque, les joues sèches, le nez pointu, la robe montant au milieu du dos ; monsieur le percepteur Reinhart, le père Brêmer et ses deux grandes filles rousses Lotchen et Grédelé, le vieux Mériâne, Orchel, Catherina Vogel ; figurez-vous tous ces gens-là penchés les uns sur les autres ; et tout autour les commères du voisinage regardant par leurs fenêtres, et la foule qui se retourne sur la foire, pour contempler ce spectacle. Voilà ce que je vis, et je ne pus m'empêcher de penser que Margrédel allait être éblouie par ce bel uniforme, et que mes habits n'auraient l'air de rien auprès, ce qui me jeta dans un grand trouble. J'avais en quelque sorte honte de moi-même ; j'aurais voulu me cacher, et malgré moi le chagrin me retenait là.

L'oncle Stavolo, son feutre orné d'un ruban bleu, ses larges épaules serrées dans sa veste brune, la figure épanouie, venait de descendre dans la rue et regardait le grand canonnier du haut en bas d'un air d'enthousiasme ; il lui serrait la main en s'écriant :

– Sois le bienvenu, Yéri-Hans, soit le bienvenu, et sans rancune !

– De la rancune entre nous, monsieur Stavolo, dit l'autre d'un ton joyeux, jamais ! Depuis notre rencontre à Kirschberg, je vous aime et vous estime encore plus qu'auparavant.

– À la bonne heure, fit l'oncle, à la bonne heure ; la table est servie, tu arrives à propos.

Alors le grand Yéri, levant les yeux, vit Margrédel et s'écria :

– Salut, mademoiselle Margrédel ; toujours plus belle, toujours plus fraîche et plus gracieuse. Ah ! maître Stavolo, vous pouvez être fier !

– Oh ! monsieur Yéri, fit l'innocente Margrédel, vous ne pensez pas ce que vous dites, bien sûr !

– Moi ! j'en pense mille fois plus, s'écria le canonnier, dont les yeux reluisaient comme ceux d'un chat qui regarde un oiseau sur sa branche.

Puis il salua les autres personnes en portant la main à son oreille, et, sautant à terre, il donna la bride de son cheval au conseiller Spitz, qui parut flatté de cet honneur et se mit à rire comme une vieille pie, le bec fendu jusqu'à la nuque. Oh ! les hommes ! il y en a pourtant qui ont l'âme bien basse ! Et penser qu'un conseiller municipal fait de ces choses-là ! Il fallut qu'Orchel vînt prendre la bride et conduire le cheval à l'écurie, sans cela M. Spitz l'aurait gardée jusqu'à la fin des siècles.

Moi, voyant Yéri-Hans grimper l'escalier, je pensai qu'il était temps de descendre, pour ne pas causer d'esclandre à la maison ; car si je n'étais pas venu me mettre à table, l'oncle Conrad aurait voulu savoir pourquoi. Je descendis donc, et Yéri-Hans, me rencontrant dans la cuisine, s'écria :

– Hé ! c'est toi, Kasper ; comment cela va-t-il, Kasper ?

Vous pensez quelle fut mon indignation intérieure d'être tutoyé par un gueux pareil, mais comme il me tendait la main, je fus bien forcé de la prendre et de dire :

– Mais ça ne va pas trop mal, Yéri ; ça va bien... très bien.

– Allons, allons, tant mieux, fit-il en riant et montrant ses longues dents blanches.

Nous étions entrés dans la salle, et justement Catherina Vogel arrivait de la cuisine avec la grande soupière fumante. Yéri-Hans retroussa ses moustaches et dit, comme se parlant à lui-même :

– J'ai bon appétit.

Et moi je passai derrière en pensant : « Que le diable t'emporte ! »

– Hé ! Yéri, Yéri, par ici, cria l'oncle, en montrant le bout de la table ; à côté de moi ! Que les autres se placent où ils voudront.

Yéri trouva cela tout naturel d'avoir la place d'honneur ; il s'assit auprès de l'oncle Conrad, et les autres convives prirent chacun la place qui leur convenait. Moi, j'étais près de la fenêtre du fond, à côté de Mme Seypel, qui cause peu, et du vieil Omacht, qui ne dit pas grand-chose. Dans la disposition d'esprit où j'étais, cette place me convenait beaucoup ; j'aurais voulu pleurer et j'étais forcé de faire bonne mine et de manger. Margrédel, elle, ne me regardait plus ; ma belle chemise, mon habit vert, mes boucles d'oreilles, tout était en pure perte. L'oncle Conrad et sa fille ne voyaient plus que Yéri-Hans.

X

J'aurais bien des choses à dire sur ce dîner, qui dura jusqu'à trois heures ; oui, j'aurais bien des choses à dire, quoiqu'il se soit passé du temps depuis.

Je vois encore à la file, M. le conseiller municipal Spitz, avec son long nez mince, ses gros yeux ronds et sa perruque à queue de rat qui frétille, je le vois grignoter et rire à chaque parole de l'oncle Conrad ; et, près de lui, le gros bourgmestre chauve, qui lève le coude et qui boit en regardant le plafond d'un air d'extase ; et Mlle Sophia Schlick, la maîtresse d'école de Margrédel, deux petites anglaises au coin des yeux et quatre cheveux tendus sur le front, comme les cordes d'une épinette, je l'entends répéter sans cesse : « Quel malheur ! quel malheur d'avoir déjeuné si tard ! je n'ai plus d'appétit ! » Ce qui ne l'empêchait pas de ravager les plats de saucisses, les pâtés, les « küchlen », les « kougelhof » et tout ce qui se présentait sur la table ; et Mme Wagner, la femme de l'ancien brigadier de gendarmerie, grosse, grasse, jaune, un bonnet à grands rubans rouges autour de sa tête crépue, et les grands anneaux de ses boucles d'oreilles descendant jusqu'au bas de ses joues pendantes ; je la vois se reculer de la table en soupirant, à chaque nouveau service, et finalement piquer dans son assiette le bras tendu. Et M. le percepteur Reinhart, qui prenait des pilules trois jours avant les repas de noces et de fêtes où ses nombreux amis l'invitaient ; et le vieux Mériâne, qui claquait de la langue chaque fois qu'il vidait son verre, et murmurait tout bas : « Ça, c'est du trente-quatre de Kütterlé ; ça c'est du Rangen de l'année dernière ; ça, c'est du Drahenfeltz » ; ainsi de suite, sans s'inquiéter du reste.

Et l'oncle Conrad, qui se redressait sur sa chaise et toussait comme pour raconter ses vieilles batailles, mais qui n'osait pas, en se rappelant l'histoire de Kirschberg ; et le grand canonnier, droit, fier, superbe, retroussant ses moustaches où perlait le vin, s'essuyant le menton, et regardant vers la porte toute grande ouverte de la cuisine, où l'innocente Margrédel entrait et sortait, apportant les plats et les bouteilles d'un air timide, et souriant toujours pour montrer ses petites dents blanches.

Ah ! Dieu du ciel ! oui, je pourrais en dire sur ce dîner ; je sais que les mêmes convives ont assisté plus tard à des festins où je n'étais pas, et que plusieurs se sont moqués de ma simplicité ; comme si la faute des autres, leur manque de foi, leur hypocrisie devaient m'être imputés, comme s'il était honteux de croire à la parole de ceux qu'on aime, et comme si les honnêtes gens étaient ridicules de se laisser tromper toujours à cause de leur bonté ! Je pourrais les peindre à mon tour, montrer leur gourmandise extraordinaire ; mais j'aime mieux me taire, car les mauvaises langues diraient que je parle de la sorte par envie et par jalousie ; oui, j'aime mieux me taire et rester avec mon injustice.

Ce repas n'en finissait plus ; je m'ennuyais, je voyais que les choses allaient de mal en pis, qu'on vidait bouteille sur bouteille, et que, malgré sa défaite, l'oncle allait commencer l'histoire de ses batailles ; car depuis l'aventure de Kirschberg, au lieu de se taire modestement comme autrefois, il ne parlait plus que de ses anciennes victoires. Il allait commencer, lorsque Orchel me toucha l'épaule, et me dit que Waldhorn était dehors avec les autres camarades, et qu'il m'attendait pour faire notre tournée au village.

Je saisis ce prétexte et je sortis, à la satisfaction de Margrédel, de Yéri-Hans et à la mienne. À quoi bon tant d'hypocrisie ? Pourquoi ne pas dire tout simplement aux gens : « Je ne veux plus de vous ! » Pourquoi me donner des « küchlen » la veille ? Pourquoi me laisser espérer jusqu'à la fin ? – Cette conduite de Margrédel m'indignait.

Malgré cela, je sortis d'un air joyeux, pour ne pas laisser au grand canonnier le plaisir de voir qu'il me faisait de la peine. Je saluai Waldhorn sur l'escalier, en riant comme un fou de ma propre bêtise, ce qui l'étonna, car il m'avait vu triste depuis quelque temps.

– Tu as donc bu, Kasper ? me dit-il.

– Moi ! pas plus d'un verre de vin, non ; je ris des idées qui me passent par la tête.

– Et ta clarinette ?

– Je vais la chercher.

Comme je traversais la salle pour monter à ma chambre, oncle Conrad me cria :

– Hé ! Kasper !

– Quoi, mon oncle ?

– Les musiciens sont dehors ?

– Oui.

– Eh bien, pourquoi n'entrent-ils pas ?

– Vous voulez de la musique ?

– Cela va sans dire, un jour pareil !

– Bon ! nous arrivons.

Je montai prendre ma clarinette ; puis, par la fenêtre, je criai aux camarades de venir. Étant tous entrés, nous fîmes de la musique, mais une musique tellement gaie, moi surtout avec ma clarinette, que j'en fus étonné. Margrédel me regardait tout inquiète, et je riais, je lui lançais des regards moqueurs ; je n'étais plus le même homme, j'étais hors de moi.

L'oncle Conrad chantait, frappant sur la table. Deux fois il nous rappela, comme nous étions déjà sur l'escalier pour aller ailleurs. À la fin, il voulut encore chanter l'air des « Trois housards » qui partent pour la guerre, et qui finit toujours par ces mots : « Adieu ! adieu ! adieu ! » Ce sont leurs amoureuses, leurs mères, leurs oncles et leurs cousines qui disent adieu à ces « housards ».

Et comme l'oncle chantait de sa voix forte, accompagné par la musique et tous les invités en chœur, Margrédel sortit de la salle ; le grand canonnier marquait la mesure avec le manche de son couteau, et moi je mis ma clarinette sous le bras, car je tremblais des pieds à la tête, je n'avais plus la force de souffler, je sentais froid dans mes joues et jusque dans mes cheveux. Et quand, pour la dernière fois, tous en chœur répétèrent : « Adieu ! adieu ! adieu ! » je me retournai, regardant vers la porte de la cuisine, où se cachait Margrédel, pensant qu'elle allait aussi me dire en chantant : « Adieu ! adieu ! adieu ! » mais elle ne dit rien.

Alors tout le monde s'étant tu, je me mis à rire ; il me semblait qu'il y avait quelque chose de cassé dans ma poitrine, comme le ressort d'une horloge qui tourne sans qu'on puisse l'arrêter, et qui marque tous les heures dans une minute.

Je vis que les autres musiciens sortaient ; je les suivis sans que personne se fût aperçu de rien. Dehors, je redevins plus calme, et comme les camarades remontaient en troupe la grande rue, mon vieil ami Waldhorn me retint un peu derrière et me dit :

– Kasper, tu ris, tu joues et tu parles comme un homme heureux ;

mais quoi, je vois que tu es triste.

– C'est vrai ; je voudrais fondre en larmes, lui dis-je.

– Et pourquoi ?

Tout en marchant je lui racontai ce qui m'arrivait.

– Bah ! fit-il, ce n'est que cela ? Eh bien, tant mieux, un musicien ne doit pas se marier. Et puis ta Margrédel...

– Eh bien, quoi ?

– Je te raconterai cela plus tard. Nous voici devant la porte de l'adjoint Dreyfous ; entrons. Tout cela, Kasper, ne vaut pas la peine qu'un homme de bon sens y pense deux minutes ; quand une femme va vous tomber sur le dos, et qu'un autre se risque pour vous, il faut en bénir le ciel cent fois, cela prouve que le bon Dieu vous aime.

Ayant parlé de la sorte, Waldhorn m'entraîna dans la salle, où nous fîmes une seconde pause. Enfin, jusqu'à deux heures et demie, nous vîmes tous les gens riches du village, et à trois heures nous étions sur notre estrade, dans la « Madame-Hütte ».

Je songeais toujours aux paroles de Waldhorn ; mais je n'en étais pas moins triste, et je pensais que ce qui convient aux uns ne convient pas aux autres.

Il y avait beaucoup de monde à la danse, il en était venu de Kirschberg, de Ribeauvillé, de Saint-Hippolyte, de Lapoutraye, d'Orbay, de partout ; et tous ces feutres, ces tricornes, ces robes de mille couleurs tourbillonnant sous mes yeux m'étourdissaient ; la joie, les cris, les éclats de rire me serraient le cœur, je ne me possédais plus, j'étais comme fou.

De temps en temps Waldhorn me disait :

– Au nom du ciel, Kasper, souffle moins fort ; on n'entend que toi dans la musique !

Mais j'allais toujours, tantôt un demi-ton au-dessus des autres, tantôt un demi-ton au-dessous, les joues gonflées jusqu'au bout du nez et la vue trouble.

Waldhorn se désolait, et les camarades me regardaient ébahis, car pareille chose n'était jamais arrivée.

Tout à coup, vers quatre heures, la voix tonnante de l'oncle Conrad m'éveilla de mes rêveries ; alors j'essuyai mes yeux et je regardai.

Tous les convives entraient, on peut se figurer dans quel état, l'oncle en tête, son grand feutre, orné de rubans, sur l'oreille, et la mère Wagner au bras ; puis Yéri-Hans avec Margrédel ; le bourgmestre avec Mme Seypel, et les autres à la suite, deux à deux, rouges comme des écrevisses. L'oncle, les bras en l'air, poussait des « hourra ! » des « hourrasa ! » à faire trembler la « Madame-Hütte » ; le grand canonnier se penchait, les yeux humides, vers Margrédel, et causait avec elle d'un air amoureux en retroussant ses moustaches.

À cette vue, je me mis à souffler tellement fort, que les canards se suivaient sans interruption, et que Waldhorn, n'y tenant plus, s'écria :

– Kasper, es-tu sourd ? Tiens, tais-toi, pour l'amour de Dieu ! tu vas mettre toute la baraque en fuite.

Que me faisaient ces cris ? ma désolation était si grande que je n'écoutais personne.

Cependant l'oncle se mit à valser avec la mère Wagner, en lui posant les mains sur les épaules, à la vieille mode ; puis tous les invités, et je ne vis plus rien ; tout tournait autour de moi, la baraque et les gens. J'entendais le cor ronfler, la trompette chanter, la seconde clarinette nasiller, les souliers traîner sur le plancher ; je voyais les rubans voltiger, la poussière monter, les bras des danseurs se lever avec la main des danseuses, les têtes riantes tourbillonner au-dessous, comme ces images de Montbéliard, où l'on voit les gens de la noce qui descendent à l'enfer en riant, en sautant, en s'embrassant, en se gobergeant.

Comme je rêvais à ces choses, la valse finit, les danseurs conduisirent les danseuses à leurs places, et j'entendis l'oncle Stavolo s'écrier :

– Yéri, voici le moment, allons, es-tu prêt ?

– Oui, monsieur Stavolo, répondit le canonnier.

Il se fit un grand silence.

Je compris qu'ils allaient lutter ensemble. J'eus un instant l'espérance que Yéri-Hans enfoncerait deux ou trois côtes à l'oncle et qu'ils deviendraient ennemis à mort. Je me représentai Margrédel revenant à moi, et je me dis : « Ah ! ah ! tu reviens maintenant ; mais je te connais, je ne veux plus de toi ! »

Ce fut comme un éclair, et les choses présentes reprenant le dessus, je regardai l'oncle Conrad et Yéri-Hans sortir de la hutte. La foule les suivait en masse. En passant, Margrédel et Yéri-Hans se regardèrent ; Margrédel était toute pâle, elle resta dans la « Madame-Hütte », près de la porte, ne voulant point assister à la bataille ; Yéri souriait, je le vis incliner la tête et je me demandai : « Qu'est-ce qu'il a voulu dire par ce signe ? »

Mais presque aussitôt j'entendis crier dehors :

– Faites place ! faites place !

C'était la voix de l'oncle Conrad.

Waldhorn et deux ou trois de mes camarades, ne pouvant quitter l'estrade, venaient d'ôter une planche de la baraque, pour voir sur la place. Je m'approchai de cette ouverture, et je vis au-dessous la foule qui formait déjà le cercle : des hommes, des femmes et quelques enfants sur les épaules de leurs pères. Au milieu du cercle, l'oncle Stavolo et Yéri-Hans, ayant ôté tous deux leurs vestes et donné leurs chapeaux à tenir, s'observaient gravement l'un et l'autre.

– Yéri, nous allons nous prendre cette fois corps à corps, dit l'oncle.

– Comme vous voudrez, monsieur Stavolo, je vous attends, répondit le canonnier.

– Eh bien donc, en avant et sans rancune ! cria l'oncle d'une voix de tonnerre.

– Sans rancune, répondit Yéri-Hans.

Ils s'empoignèrent avec une force terrible, les jambes croisées, les bras imprimés dans leurs reins comme des cordes, cherchant à se bousculer et soupirant, l'écume aux lèvres.

Je vis d'abord que l'oncle Conrad voulait montrer son tour à Yéri-Hans ; mais celui-ci le connaissait, il se mit à sourire et retira son bras. L'oncle alors essaya de poser sa jambe en équerre, pour renverser l'autre par-dessus ; mais Yéri-Hans imita le même mouvement de l'autre côté, de sorte qu'il s'agissait de savoir lequel aurait la force de pencher son adversaire, chose aussi difficile pour l'un que pour l'autre.

L'oncle était tout pâle, comme la première fois : Yéri tout rouge. La foule autour regardait en silence, quand un enfant sur le dos de son père s'écria :

– Le canonnier est le plus fort !

Alors l'oncle, tournant la tête, regarda l'enfant d'un air furieux, et presque au même instant Margrédel, restée derrière, se fit place dans le cercle, et je vis qu'elle regardait Yéri-Hans fixement, comme pour lui rappeler quelque chose. Le grand canonnier avait les yeux rouges, les moustaches hérissées ; il tenait l'oncle Stavolo en l'air ; celui-ci, les jambes écartées, se donnait un tour de reins terrible, cherchant à retrouver terre sans pouvoir y parvenir ; il allait être renversé ; mais à peine Margrédel eut-elle paru, que les yeux de Yéri s'adoucirent, et, soupirant, il laissa le père Stavolo reprendre pied. Puis, au bout d'une minute, ayant l'air de perdre haleine, il se laissa enlever lui-même et lancer à terre, au milieu des cris d'étonnement universels. En essayant de se lever, il s'affaissa sur le dos et les deux épaules touchèrent, de sorte que l'oncle Conrad était vainqueur.

L'oncle alors, stupéfait de sa victoire, car il s'était jugé perdu, l'oncle accourut, prit les mains du grand canonnier et lui demanda :

– Yéri, as-tu mal ?

– Non, monsieur Stavolo, non, grâce à Dieu, répondit Yéri-Hans en regardant Margrédel de ses yeux flamboyants, non, je ne me suis jamais mieux porté. Mais à vous la palme, maître Conrad, vous m'avez vaincu.

Il s'essuyait le pantalon en disant ces choses.

L'oncle, transporté d'enthousiasme, s'écria :

– Yéri, tu es l'homme le plus fort au collet que je connaisse ; moi, je suis le plus fort à bras-le-corps, c'est vrai ; mais pas de rancune, embrassons-nous !

– Je veux bien, dit le canonnier en regardant toujours Margrédel.

Ils s'embrassèrent, et Margrédel, les observant de loin, porta la main sur son cœur. Alors je compris tout : ce grand gueux de canonnier s'était laissé vaincre par amour, sachant que, s'il renversait l'oncle sur la place, jamais il ne pourrait revoir Margrédel ni la demander en mariage ; c'est par la ruse qu'il venait de gagner l'affection de l'oncle Conrad, homme orgueilleux, plein de vanité, et d'autant plus aveugle, qu'il avait eu peur de Yéri-Hans, et ne comprenait pas lui-même sa victoire. Son unique crainte maintenant était d'être forcé de donner sa revanche au grand canonnier ; aussi l'embrassa-t-il sur les deux joues en répétant :

– Oui, Yéri-Hans, au collet il n'y en a pas un qui te vaille.

Et se tournant vers la foule :

– Entendez-vous, au collet voici l'homme le plus fort ! C'est moi, Stavolo, qui le dis, et si quelqu'un ose soutenir le contraire, c'est à moi qu'il aura affaire.

– Ah ! Yéri, tu m'as donné de la peine, mais à cette heure il faut se réjouir ; prends Margrédel, Yéri, prends Margrédel : dansez ensemble, mes enfants, réjouissez-vous ! Tu resteras à la maison toute la fête, entends-tu, Yéri ? nous allons nous réjouir, nous faire du bon temps ; oui, tu resteras à la maison.

– Je veux bien, monsieur Stavolo, c'est un grand honneur pour moi.

– Un honneur ! allons donc ! l'honneur est de mon côté.

– Hé ! irez-vous bientôt au diable, vous autres ? cria l'oncle aux gens qui l'écoutaient tout ébahis, car il craignait encore que la vue du cercle n'inspirât la mauvaise idée à Yéri-Hans de recommencer.

Il boutonna sa veste, aida le grand canonnier à passer les manches de son uniforme, puis, le prenant par le bras :

– Ah ! camarade, s'écria-t-il, hein, si l'on nous défiait nous deux ! dix, quinze, vingt hommes, toute la fête, hein, est-ce que nous aurions peur ?

Ainsi parla ce vieux fou, comme un enfant de six ans.

Le canonnier riait sans répondre ; mais la vue de Margrédel l'attendrissait. Il boutonna sa veste, et finalement il dit :

– Mademoiselle Margrédel, maintenant que je suis vaincu par votre père, il ne faut pas avoir honte de danser avec moi.

– De la honte ! s'écria l'oncle, je voudrais bien voir cela ; est-ce que tu n'es pas le plus fort au collet ? De la honte ! Écoute, Margrédel, le plus grand plaisir que tu puisses me faire, c'est de danser avec Yéri-Hans. Moi, je vais boire un coup au « Trois-Pigeons ». Garde ma fille, Yéri ; je reviendrai tout à l'heure.

Cet homme, autrefois si raisonnable, aurait alors donné femme, enfant, maison et tout, pour être le plus fort du pays. Rien que d'y penser, encore aujourd'hui les cheveux m'en dressent sur la tête : voilà pourtant l'amour de la gloire !

Yéri-Hans rentra donc avec Margrédel dans la « Madame-Hütte », et vous dire comme ils dansèrent, les regards qu'ils se jetaient, la manière dont Margrédel appuyait le front sur la poitrine de ce canonnier en valsant, comme ils sautaient, enfin tout ce qu'ils firent, je ne le puis ; mais pour tout vous exprimer en un mot, Margrédel, par sa conduite, me lassa tellement d'elle en ce jour, que mon parti fut pris tout de suite.

« Quand même, me dis-je, Yéri-Hans s'en retournerait en Afrique, jamais je n'épouserai Margrédel ; c'est fini, je n'en veux plus ! »

Mais c'est égal, je souffrais d'un tel spectacle, et durant les trois jours de la fête, ayant perdu toute espérance, j'ose vous l'avouer, j'aurais voulu mourir.

Ce qu'il y avait de plus triste dans tout cela, c'est l'aveuglement de l'oncle Stavolo ; Yéri-Hans était devenu son véritable dieu, il se faisait gloire de le goberger et de se promener avec lui bras dessus bras dessous, dans le village. Le grand canonnier avait la plus belle chambre de la maison ; chaque matin, l'oncle Conrad montait l'éveiller, vers sept heures, avec une bouteille de Kütterlé et deux verres qu'il posait sur la table de nuit ; on les entendait rire et causer de leurs anciennes batailles. Margrédel ne se possédait pas d'impatience, jusqu'à ce que Yéri fût descendu ; alors elle lui souriait, elle lui versait le café, elle balançait la tête avec grâce ; elle sautillait sur la pointe des pieds en marchant, elle ne savait que faire pour charmer et séduire de plus en plus cet homme fort, ce beau, ce brave, ce terrible Yéri-Hans. Moi, j'étais dans la maison comme un étranger !

Enfin, au quatrième jour, las de tout cela, le matin, de grand matin, je fis mon sac, je pliai mes habits, mes chemises, tous mes effets en bon ordre, je pris ma clarinette, et vers sept heures, au moment où l'oncle montait avec sa bouteille et ses deux verres, il me rencontra dans l'escalier, le bâton à la main.

– Tiens, c'est toi, Kasper, dit-il, où diable vas-tu de si grand matin ?

– Je pars avec Waldhorn et les autres camarades, lui dis-je ; voici la saison des fêtes. Il faut en profiter ; je pourrai bien rester un mois dehors.

– Ah ! bon ! fit-il. N'oublie pas les deux arpents de vigne !

– Soyez tranquille, mon oncle, je n'oublierai rien.

Et nous étant serré la main, je descendis.

Dans le vestibule, Margrédel, impatiente de voir Yéri, passait justement avec la cafetière ; mes genoux plièrent et d'une voix tremblante :

– Adieu, Margrédel, lui dis-je.

Elle me regarda tout étonnée.

– Ah ! c'est toit, Kasper ?

– Oui, c'est moi... Adieu... Margrédel !

– Tiens... tu t'en vas ?

– Oui... je m'en vais... pour assez longtemps...

Et je la regardai dans le blanc des yeux ; elle paraissait me comprendre et deviner que je partais pour toujours, je le vis bien à son trouble. Moi, je pleurais intérieurement ; je sentais comme des larmes tomber une à une sur mon cœur. Cependant, raffermissant un peu ma voix, je dis :

– Portez-vous bien... Soyez heureux pendant que je ne serai plus là...

Alors elle s'écria :

– Kasper !

Mais elle ne dit pas un mot de plus, et, comme j'attendais, elle ajouta tout bas, les yeux baissés :

– Je t'aimerai toujours comme un frère, Kasper !

Alors moi, ne pouvant me retenir, je lui pris la tête entre les mains, et l'embrassant au front :

– Oui... oui... je sais cela ! lui dis-je en baissant la voix ; c'est pour ça que je m'en vais... Il faut que je parte... Ah ! Margrédel, tu m'as déchiré le cœur !

Et ayant dit cela, je courus sur l'escalier en sanglotant. Il me sembla entendre quelqu'un qui m'appelait :

– Kasper ! Kasper !

Mais je n'en suis pas sûr, c'étaient peut-être mes sanglots que j'entendais.

Il n'y avait pas de monde dans la rue ; j'arrivai de la sorte aux « Trois-Pigeons » sans que personne m'eût vu pleurer.

Le même jour, je partais avec Waldhorn et les camarades pour Saint-Hippolyte, et cette histoire est finie ! Attendez : environ six semaines après, au commencement de l'hiver, étant à Wasselonne, je reçus une lettre de l'oncle Conrad ; la voici, je l'ai conservée.

« Mon cher neveu Kasper,

» Tu sauras d'abord que les vendanges sont faites et que nous avons cent vingt-trois mesures de vin à la cave. Cela nous a donné beaucoup d'ouvrage ; enfin, grâce à Dieu, tout est en ordre. Sur les cent vingt-trois mesures, il y en a dix-neuf à toi, je les ai mises à part dans le petit caveau, sous le pressoir.

C'est un bon vin, il a du feu et se conservera longtemps. Mériâne est venu m'offrir trente francs de la mesure quand le vin était encore sur les grappes ; j'ai refusé. Si la mesure vaut trente francs pour Mériâne, elle les vaut aussi pour nous. Je ne suis pas pressé de vendre ; dans trois ou quatre ans, ce vin aura du prix, alors nous verrons.

» Mais il ne s'agit pas de cela. Tu sauras, Kasper, que depuis ton départ il s'est passé bien des choses ; le père Yéri-Hans est venu me demander Margrédel en mariage pour son garçon, et Margrédel a consenti : voilà l'affaire en deux mots. Moi, j'ai dit que tu avais ma parole, et que je la tiendrais malgré tout. Je ne te cache pas que Yéri-Hans est un brave et honnête homme, c'est pourquoi, si tu ne veux pas me mettre dans de grands embarras, tâche de revenir le plus vite possible. Réponds-moi d'une façon ou d'une autre.

» Je t'embrasse.

« Ton oncle, CONRAD STAVOLO. »

À cela, je répondis que j'aimais trop Margrédel pour faire son malheur, et que Yéri-Hans pouvait l'épouser, puisqu'il avait son amour. Ce qu'il m'en coûta pour écrire cette lettre et pour l'envoyer, je ne me le rappelle qu'en tremblant.

Cet hiver fut bien triste pour moi. Mais le printemps revient tous les ans avec ses fleurs et ses alouettes.

Et quand on regarde ce beau ciel bleu, quand on sent la douce chaleur vous entrer dans le cœur, et qu'on voit les dernières neiges se fondre derrière les haies, alors on est tout de même heureux de vivre et de louer le Seigneur.

Un jour, vers le printemps, Waldhorn, son cor en sautoir, et moi, ma clarinette sous le bras, nous suivions la petite allée de sureaux derrière Saint-Hippolyte, pour nous rendre à Sainte-Marie-aux-Mines.

Je songeais à Margrédel, à l'oncle Conrad, à la maison, à tout le village ; j'aurais voulu retourner là-bas, seulement un jour, pour voir de loin le pays, les montagnes, le coteau.

– Qu'est-ce qu'ils font maintenant ? me disais-je. À quoi rêve Margrédel, et l'oncle Stavolo, et... l'autre ?

Je marchais, le front penché, quand tout à coup Waldhorn me dit :

– Kasper, tu te rappelles qu'à la fin de l'automne dernier, à Eckerswir, je t'ai parlé de Margrédel Stavolo... eh bien ! tu sauras que cette fille et Yéri s'aimaient depuis longtemps.

Et comme j'écoutais sans répondre, il poursuivit :

– Tu connais Waldine, c'est une des nôtres, une bohémienne ; elle-même m'a dit que depuis la fête de Kirschberg, elle portait à Margrédel les paroles de Yéri-Hans. Quand personne n'était à la maison, Margrédel mettait un pot de réséda sur le bord de la fenêtre près de l'escalier, et Waldine entrait. Voilà comment ils étaient d'accord.

– Pourquoi ne m'as-tu pas raconté cela dans le temps ? dis-je à Waldhorn.

– Bah ! fit-il, ce qui doit arriver, arrive ; si Margrédel aimait mieux le canonnier que toi, c'est tout naturel qu'elle l'ait épousé, cela vaut mieux : elle t'aurait rendu malheureux ! Et puis, supposons que tu te sois marié, Kasper, je n'aurais jamais trouvé d'aussi bon clarinette que toi ; de cette manière tout est bien : nous pourrons faire de la musique ensemble, et traîner la semelle jusqu'à la fin de nos jours.